アリアドネの糸

十原花篤
TOHBARA Keitoku

文芸社

プロローグ

クレタ島の迷宮は、一度入ると出られない。

牛頭人身の怪物ミノタウロスが幽閉され、貢物の少年少女を食べていた。

激怒した英雄テセウスは、自らいけにえとなって潜入する。そして魔物を倒すと、糸を手繰りながら出口を目指した。

ギリシャ神話に出てくる物語である。

名匠ダイダロスが造った脱出不可能な建物から出られたのは、王の娘がテセウスに渡した糸玉のおかげだった。テセウスは進入時、入り口にその糸の端を結び付けて伸ばしつつ進んだのだ。

娘の名にちなんで、「アリアドネの糸」という。

今では、混乱から抜け出すのを助ける救いの手や道しるべを意味する。


「神様はいる。人生の中にいつでも」


たまにとても運のいい人に会ったりする。

なんら心配事もなく、人生を謳歌している人もいる。

そして、なんとなく問題もなく生きているんだと思ったりする。

例えば、テレビ越しにいつも楽しそうな芸能人を見つける。悩み事もなしに大きい声を携えて、画面いっぱいにその笑い顔を見せてくれる。

その反対に、とてつもなく運の悪い人もいる。悲惨な人生を送っているんじゃないかとか勘ぐる人もいる。

新聞の紙面や、テレビのワイドショーで、自分よりも大変な事件や、災害や、突発事故に痛ましいと思いつつ、自分ではないことに安堵する。

どんな人が、どんな人生を生きているかはわからない。

その人にしか。

そして、本当に、神様なんて存在がいるのであれば、どれだけの人がすがるのだろうか？

どんな神様が、どんな人についているか、誰にもわからない。

いい神様も、悪い神様も。

そして、本当に存在するのであれば……。

「神様は、サイコロを振るのだろうか？」

First sentence　前段

まだ桜には少し早い季節、同じ大学時代を過ごした4人、健之《たけゆき》、剛《つよし》、郷史《ごうし》、風《ふう》香《か》は、卒業証書を手に持ち、4年間の思い出を各々抱きながら校門をあとにした。4月からはユニフォームになるスーツに身を包んで。

楽しいことも、笑い飛ばしたことも、そして悲しいことも、みんなで乗り越えた。そんな4年間だった。

入学式までは、全く知らない人間だったのに、少しずつ距離が縮まり、いつの間にか一緒の時間を共有する大切な仲間となった。

でも今日、一人だけが、その仲間の輪の中にいなかった。本当であれば、5人の楽しいグループだった。

たくさんの時間を一緒に共有した。授業のノートの交換、学食のランチタイム、ゼミの論文、文化祭のイベント、新宿の尊敬できるマスターのいるバーでの会話。そのすべてが5人を強く結び付けていた。

そう、あの日、あの事故が起こらなければたぶん、もっと5人でいろんな思いを共有できただろうと、全員が思っていたはずだ。

「渚《なぎさ》とも一緒にこの門をあとにしたかったたな」

風香がそうつぶやいた。それを受けて、3人はそれぞれの表情で頷く。

健之が、空を見上げる。

そこには、薄い雲をまとった空が広がっていた。そして、これからの未来は、まだ無限に広がっているような気がした。

◇　◇　◇

入学式のその日、桜が咲き始める頃、これからどんな生活が待ち受けているのかわからないあいまいな時間。大学受験に合格したことは単純に嬉しくても、どんな人たちと今後の4年間を過ごすのだろうかという、ちょっとした不安を胸に、それでも、見えない未来を、一番に希望を持って臨もうとしていた頃。

健之は入学式後のガイダンスを受けながら、大きなホールで、どんな人と仲良くなり、そして一緒に過ごせるだろうか、とそんなことに思いを寄せていた。

右斜め前に、やけに体格のいいやつがメモを取っていた。ラグビーでもやっているのかと思う。

左のそう遠くない席には、これまた体格はいいけど、どちらかというと丸っこい感じのやつがいた。一瞬、目が合った気がした。愛嬌のある顔つきが印象的だった。

前方を見渡す。ストレートのショートヘアの毛先をを外側にカールさせている女の子がいた。さっぱりした印象がいいなと思った。

その女の子の2席先には、賢そうな女の子がいた。ボールペンを指で回しながらガイダンスを聴いていた。なんとなく、強そうな人だと思った。

そして……。

自分は、何とかこの大学に入ることができた、しがない平均的な頭の一年生、と自覚していた。


ガイダンスが終わったあと、丸っこい彼が、後ろから声をかけてきた。

「良かったら、ご飯でも行かないかい。せっかく同じクラスだし」

そう言って、健之の肩に手をかける。

突然のことでびっくりしながらも「いいよ」と、そう答えた。

すると、ラグビー体格の彼が、女の子二人を連れて来た。

「俺らも一緒になってもいいかな」

女の子たちは、さっき後ろから見ていたショートカットの子と、ボールペンを回していた子だった。

「さあ、行こう！」

彼が率先して、大谷翔平のように手を叩いて声掛けをした。

これが、長い付き合いになるこの4人との〝始まり〟だった。

今でも思い返す。あの日の出会いは、奇跡的なものではなかったかと。

渚、風香、剛、郷史、そして健之。あの日を境に僕たちは多くの時間を共有した。

広いキャンパスを、見やった。ここから、4年間が始まるのだと思った。

5人で、電車で新宿に移動した。華やかな街は、新しい生活を始めようとしている人々で賑わっていた。

ムードメーカーの剛が、みんなをまとめていた。

健之は、いい関係が作れるのではないかと、そう感じた。

店に入り、オーダーを済ませた。

郷史が、運ばれてきたサラダをみんなに取り分けてくれた。

「気が利くな」

剛が、器を受け取りながら言った。

「高校の頃から、飲食のバイトしてたんだ」

郷史が応じる。

「いっぱい食べろよ」

と、健之にサラダの器を渡す。なんとなく、温かさを含んだ振る舞いが嬉しかった。

ボールペンを回していた風香は、さっき入学式を終えたばかりなのに、やはり賢そうに、どんな職業に就きたいのかと問いかけていた。

一番口数が少ないのが、渚だった。

「食べてる?」

健之は気を遣って声をかけた。

「大丈夫です。みんな楽しそうなので、早速こうして友達ができたのは、本当に嬉しいです」

渚はそう笑って答えた。

そこには、やさしい空気が流れていた。これからの長い道のりをこの5人で進むのかも……そんなことを健之は感じていた。

まだ、季節は、春。これからどんな時間が待っているんだろう。

それは、誰にもわからない、未来だ。

剛の物語

波の音が聞こえる。とても穏やかで優しい波の満ち引きで。気の早い日差しがホテルの部屋に差し込んでくる気配を感じさせていた。新しい一日が始まる、なにかのとても些細なサインであるかのように。

白いシーツに顔をうずめながら、起きなくちゃと思う。ベランダ越しにとても優しい風がそこには流れていた。

◇　◇　◇

ジャック・ジョンソンが心地よく、店の中を満たしていた。

グリーンを基調にした店内は、シンプルな作りだった。

そのテラス席で、一人でエッグベネディクトと格闘していた。肩幅の広いがっしりとした体にラコステの白いポロシャツが、しっくりとしていた。

ふと、おもむろに、携帯をとりだし、耳にあてた。

「おう、いま13：00まわったところだ」

名前も名乗らず、そんな会話を始める。

「やっぱ、お前は理解力あるね、素晴らしい！

えっ、アイランドスリッパ？　了解。おい、勝手に切るなって！」

電話の相手は、たぶん、日本の友達なのだろう。あまりにあっさり切られたことに呆然としながらも、目の前のエッグベネディクトと再度格闘をはじめた。

改めて、今いる席から見える景色を見渡してみる。通りを走るバスと車の喧騒、そしてジャック・ジョンソン。そう、完璧なハワイのスタイルだった。

スマートフォンの写真アプリを起動させる。昨日撮った、マウイ島の夕方のフォトが何枚も収められていた。その中の1枚にとても長い間、見入っていた。こんな貴重な一枚が撮れるとは思いもしなかった。東京の生活では決して撮影することはできないであろう写真。

彼は、真剣な面持ちでその写真に見入っていたところに、

「finish?」

ウェイトレスが声をかけてきた。

男はそれにうなずきながら、立ち去ろうとする彼女に思い直して付け加えた。

「ex, white wine please」

「glass?」

「yes」

たぶん、ハウスワインでも気分よく飲めるだろうと、そう思えた時間だった。嬉しかった。ハワイにはそんな迷信とか、言い伝えとか、普通では、信じられないようなことは頻繁《やまほど》にある。

いつも通り柔らかな風が、頬に、ポロシャツの袖に流れていく。一人でいることを少しだけ寂しく思い、しかしながら、そんな一人を楽しくも思っていた。これからの時間は自分だけのためにある。なにをしようか、いろんな選択肢を考える。ワイキキの居心地のいい場所で考える最高の贅沢だった。

ふと、写真を改めて見やった。少しずつ、夕焼けに染まるマウイの港が写っていた。

どうしてこの写真にこんなにも魅せられるのだろう？

自分に問うた。答えはわからなくても、この写真が剛にはとても強く心に残っていった。

今の仕事、これからの自分。自分のやりたいこと。

白ワインがサーブされてきた。

グリーンのコースターにソーヴィニヨン・ブランがとても映えた。透き通ったグラス越しの色がそのシチュエーションにとてもなじむ気がした。

青リンゴのフレーバーと、切れの良いフィニッシュがハウスワインとしては上出来だと思った。

青い空にグラスを掲げてみる。今の自分の気持ちをさらに代弁するかのように、そっと優しい風が剛の背中に流れた。東京では感じることのできない感覚が包み込む。

ラハイナの港にあがった大きなカジキマグロの姿を見ようと集まった人々の笑顔、オレンジ色に変わりつつある港の光景、雲一つない空の青、そのどれもが素敵に思えた。

そんなどうってこともない、偶然の一枚だった。

明日は、東京に戻る予定になっている。そのことをあいつに言いそびれて、電話を切ったことに気付いた。オレンジ色のスリッパのお土産など買ってやるものか、と思いながら、ちゃんと買って帰るつもりでいた。

学生時代のとても大切な時間を過ごした友達だ。あいつらがいたから、今の自分がいる。そんなふうに思えることが多々あった。

ハワイの優しい空気に触れながら、このままとどまりたい思いを感じつつ、気心の知れたあいつらに会いたい気持ちも押し寄せてきた。

「楽しんでますか?」

先ほどのウェイトレスが席までやってきた。


ハワイのレストランに行くと、よくこの言葉を耳にする。

「enjoy?(楽しんでますか?)」

とてもいい表現だと思っていた。日本ではそう聞いてくる店は少ない。

「有難う」

そう微笑んで、返答する。

「ちょっと前に、ダブルレインボウを見たんです。ビーチで」

そう言って、写真を彼女に差し出す。

「また、ここに来られますよね？」

剛は笑って、そう話しかけた。

「はい、素敵な写真ですね。ダブルレインボウを見た方は、きっとまた、この土地に戻ってくることができると信じられています。このハワイ（島）は、そんな言い伝えで成り立っているのです」

そして話を続けた。

「あなたは、ハワイが好きですか？　もし本当に好きなら、きっと戻って来られますよ。戻って来ると信じれば、きっと戻って来られます。そして、また、このお店のエッグベネディクトを食べに来てください」

彼女は、とても素敵な笑顔で応えてくれた。先ほどまでの、ルーティンな応え方でなく、一人の人間として剛に語りかけてくれたような気がした。

「…………」

剛は、少し戸惑って、返す言葉に迷った。彼女は、微笑みを湛えたままテーブルを離れていった。

陽の光が、ラナイの席にも入ってきた。

まだ、この時間をゆっくりと味わいたい思いが増してきていた。

Interlude 1

ハワイについて語ると長くなる。

健之は、ハワイが好きだった。きっかけは大学の卒業旅行だった。一瞬で、やられてしまった。なんなのだろうと思った。風とか、空気とか、空の青さとか、海のグラデーションとか、人の温かさとか、夕焼けの魔法とか。そんなものが、健之の生き方を変えたのかもしれない。

とある人の、影響も大きいかもしれない。もう会えない……。そんな誰かにも、逢えるのではないか……。そんな思いを抱くこともあった。それからというもの、毎年、一人でハワイに行くようになっていた。

好きだった女性と行ければ、どんなに楽しかっただろうと思うこともあった。

それは今では、叶わないことだとしても。

ただ、それでも、夕陽の傾いてきたビーチで一人、暮れていく光景を見ている時間は幸せだった。

『マジックアワー』

魔法のような時間は、一日の中でほんの一瞬やってくる。そんな瞬間があることを、忘れないように。一日として同じ風景はなくて、それでも昨日見た夕日を、もう一度見たくて。

そんな思いばかりが、胸に押し寄せる。朝日のような希望に満ちたものではないかもしれない。

けれど、かみしめるような、今日のことと、明日への希望を思い起こさせる時間だったりする。

「今日は終わる。どうだった？　心配するな。ちゃんと、明日はお前に来るから」

柔らかな風が、頬、白いシャツの袖に流れる。

夕暮れを終わらせる儀式はないけれど、太陽が夕日に変わり、その光が水平線に消えるそんな瞬間。　明日を約束する大切な瞬間。

もう、日は暮れていき、太陽はその姿を消そうとしていた。つまらない一日なんて全くない。

それは、人の捉え方だ。

健之の物語

月曜日の朝だった。満員電車をようやく降りて、会社への道を下っていた。

その時に、ポケットのスマホが震えた。

「おう」

いつもの陽気な声が聞こえてきた。遠くに、車とバスの喧騒が聞こえる。

「ハワイか？」

健之は、立ちどまった。

「さすが、よくわかったな」

電話の相手はそう言いながら、エッグベネディクトを口に含む。

「土産は、アイランドスリッパのオレンジ色な。サイズは9。ハワイのサイズで」

と言うと、

「なんだよ、いきなり」

口いっぱいにエッグベネディクトを含みながら、相手が答えた。

「こっちは、これから仕事の時間なのです。じゃあな」

そう言って、勝手にスマホをオフにした。ちょっと悪い顔をして。

まだアウターが必要なこの時期に、ハワイでエッグベネディクトを満喫しているあの似合わないあいつのことを、優しく思い出していた。

「さて、今週も仕事が始まるな」

なんとなく、言葉に出してしまった。

ハワイへの思いを考えながら、ちゃんと仕事をしなくちゃと、そんな月曜日の始まりだった。

会社は、もう少しのところだった。

遠いハワイを、頭の中で思い起こしていた。

ふと、彼女のことを思い出してしまった。本当は、思い出したくないのに。

「もし」

そんな言葉があるのならば。一緒に、あの場所に行ってみたかった。

2人で、パンケーキを口一杯にして笑って、夜は、Tボーンステーキを食べてみたかった。そして、あの海岸で手を繋いで歩いてみたかった。

金曜日の夜に、ヒルトン・ホテルから上がる花火を、堤防あたりから、笑って観たかった。

ホテルに戻って、カクテルでも飲みながら、明日のビーチのこととか話したかった。

叶わないことこそ、こんなに胸に残るものだと、改めて実感していた。

最後に行ったのは、去年の秋近くだった。やっと、一人のハワイに慣れてきたような気がしていた。

アラモアナ・ショッピングセンターの中にあるシグニチャーレストラン「マリ

ポサ（スペイン語で蝶を意味する）」。あのレストランのラナイ席で、また白ワイン、コンチャイ・トロのソーヴィニョン・ブランあたりを飲みながらラムチョップを食べたいと思った。

あの空間で、夕暮れの風を感じながら暮れていく夕陽を眺めて……。それは最高の景色だった。そして、バゲットについてくる「ストロベリー・バター」の香りを思い返していた。そして、一人旅だと、どうしても会話することが少なくなる。今は仕事で必要としているわけではないが、現地でローカルの人たちと会話をしたいという思いから、今でも英語の勉強は続けていた。そして、一人で行くハワイは、たくさんの小説を持参していた。ビーチでも、食事を取る時でも、傍らにはずっと、本があった。

よく、現地でも洋書を購入した。読みやすいミステリーが多かった。ジェームズ・パターソンの『A Woman's Murder Club』のシリーズをよく買っていた。

ホテルのプールで、マルガリータを飲みながらそんな本たちを友達に、ゆっくくりと過ごし、波の音を聞きながら転寝《うたたね》をする。最高の贅沢だった。

今度行く機会があれば、同じように過ごそうと頭に思い描いた。

青い空と、海のグラデーション。緑に映える公園の芝生。ロコの笑顔。そんな場所は、今でもきちんと存在している。代え難い地球の奇跡、だと思う。


そんなことを感じていると、「おはようございます」と後輩が声をかけてきた。

そうして、一気に現実に戻った気がした。

空を見上げると、雲一つない空に浅い太陽が輝いていた。

「渚、俺は今日も月曜日の朝が来て、仕事に取り掛かるよ」

そう、心の中でつぶやいた。

健之と剛

ゴールデンウィークを目前にした金曜日の新宿は、新たに東京の仲間に加わった大学生や、専門学校生でごったがえしていた。新歓コンパ宜しく、いろんなプラカードを持った学生があちらこちらで群れを成していた。いつの間にか、空は18：00くらいまで青を残していて、その青に浮かぶ雲の白に夕焼けを携えたオレンジが彩っていた。そんなに遠い昔でもない頃を思い返しながら、その喧騒を横目に見つつ、健之は待ち合わせのＢＡＲへと向かった。そこは、大学時代から大切にしていた場所であり、今もなお、こうして集まる時の約束の場所であった。伊勢丹の交差点を渡り、昔はよく食べた「桂花」を左に見つつ、次の通りを越えた角の地下一階にその店はあった。

『CARAVAN　HOTEL』

それが、その店の名前だった。

健之がドアを開けると、カウンター越しに恰幅のいい60歳近いマスターが「よう」と声をかけた。全体的にどっしりとした印象の体型で、あごひげを蓄えており、スマートにカクテルを提供するといった趣きはとうてい感じられない。ただ、人の良さだけは誰もが納得できるような風貌でもあった。

「俺が先か」

そう言いながら、いつものL字型のカウンターの一番奥の席に陣取った。

「スーパードライ、うんとドライにしてくれ」

そんな健之の言葉になんら反応もせず、マスターはその日の1杯目のビールを注いだ。

「また、この映画かけてんの？　ほんと好きだよね」

ビールと一緒に出てきたマカダミアナッツの殻を割りながら、そう口にした。

「俺の勝手だろ。まだ時間も早いし、俺の店の俺の勝手な時間。お前が邪魔すんな」

「でも、嫌いじゃないな。早い時間のこの店で、『めぐり逢い』が流れてるの。なんだろ、一人でちょっと一杯飲んで帰りたくて、ふらっと立ち寄ったバーでこの映画が流れてたらセンスいいなと思う。いい映画だからね。でも、俺だったら、『さらば愛しき人』かな。あの映画の中で、ほら、セリフあるでしょ？『若い時間のバーの新鮮な空気が好きだって』あれわかるんだよな。誰にも汚されていないバーの一番の客になって、好きな一杯を飲む。最高の贅沢かもしれない」

「偉そうに」

そう言いつつも、マスターはその言葉を否定はしなかった。

映画は、ちょうど二人の約束が叶わなかったことの真実が明かされる場面だった。

ドアの外から大きな声が聞こえてくる。ようやく先日の朝からせわしなかった電話の主が到着したことが健之にもわかった。

「よう」

大きな紙袋を抱え、肩幅が広く胸板も厚い、日に焼けた浅黒い顔にショートカットの男が店に入って来た。さきほど、健之が感じた駅前の喧騒を一緒に連れてきたかのような勢いだった。

アイランドスリッパのオレンジ色を差し出し、「ほれ」と投げてよこした。

そんな、ぞんざいな仕草もいつもと変わらず、なんとなく嬉しくなった。

「うらやましいだろ？　先週まではハワイだったんだぜ？」

悪そうな顔で微笑んだ。

「最後の一足だったんだぞ、それ」

と、言いながら、きめ細かい泡を満たした黄金色のグラスを傾ける。

「ありがとな。どうしても今年は、オレンジ色が欲しかったんだ。助かった」

「また、一人で行くのか？　今年も？　ハワイ」

からかうような口調で聞いてくる。

「ああ、夏休みが明けた9月にでも行こうかと思ってる。みんなが長い夏休みから見放された頃を狙ってな。俺、性格悪いんで」

そう言って、1杯目のドライビールを飲み干した。

「でも、今回ハワイに行って、俺もなんだか今までとは違う体験をした気がした。昔は、といっても数年前だけどな、初日にアラモアナ行って、二日目はノース行って……とか、観光がメインだったんだよな。それが今回は、仕事を兼ねてたから、そんなにどこかへ行くわけでもなく。それが良かったのかもしれない。仕事以外、のんびりとハワイを過ごすことが今までなかったんだよ。俺は」

「そうなんだよ。あそこはね、慌ただしく過ごすところではなく、ゆっくりと風の行方とか、日の差し込み方とか、雲の行き先とか、波の音色とか、そんなものを感じる所なんだよ」

そう言って、健之は新しいグラスに口をつける。

「お前は、ハワイに関しては、ほんと語るよな」

剛は少しだけあきれ顔になる。

「どうしてだろうな。俺が宮崎の出身だからかな？　どっかに南の島的なＤＮＡがあるのかもしれない」

「なんだよ、それ」

剛は、あきれ顔で次の一杯をマスターに注文した。


少しずつ、他の客が席を埋めていき、喧騒が店内を満たしていきそうだった。

「でも、俺も今回はお前の意見を尊重するよ。いい旅。ハワイだった」

そう言って、めずらしく自嘲気味に健之を見やった。

「会社に感謝しなくちゃな。今回のハワイの出張に関しては、だ」

「そうか、よかったじゃないか。物事の見方は幾重にもある。同じ場所に行っても その時の感情の持ち具合で、ものの見方は変わってくる」

「言うねぇ。そのお前の小説好きの物言い、変わんないな。俺は、嫌いじゃないけど」

そう言って、ふと店内を見渡した。入ったばかりの少し前とは、雰囲気も一転し、その日のこのバーの佇まいを醸成していく過程に入っているようでもあった。

「店、替えるか？」

ポップコーンを頬張りながら剛が聞いてくる。

「そうだな、マスターの営業の妨害をしたら、また怒鳴られそうだし」

そう言ってマスターの方を見やる。

「あいつ、近いんじゃなかったけ？　今いる店？」

剛が聞く。

「いや、そこはやめとこ」

健之は、会計を促しながら答える。

「お前、そっち系の店いくとモテるからいやなんだろ？　たまにはあいつの顔みたいじゃん」

財布からきっちり割り勘の分を取り出しながら、そう言って剛は健之の顔を覗きこむ。

「はいはい。俺が次行きたい店が、荻窪にあるんで、そこまでタクるぞ」

そう言って会話を終了させた。

「ほんと、こいつは、天然と思うくらいあいつの気持ちがわからんな」

剛の独り言は、店の喧騒でかき消された。

荻窪までタクシーで行く予定が、なかなかつかまらず、結局丸ノ内線で向かうことになった。20：00前の車内はそれほどの混雑でもなく、すんなりと荻窪駅の地上に上がることができた。北口ロータリーの線路沿いに3分近く歩くと、この町特有のディープな路地裏が近づいてくる。店の入り口近くまで行くと、名物の店主の怒鳴り声が聞こえてきた。

健之は、相変わらずだなと思いながら軒先で一度止まった。

その店主は彼を見つけると、その筋の人といわれても仕方のない相好を崩して、「おー、たけゆきぃー」

と怒鳴り声に近い声を放った。

健之はその声に笑って応えた。

「お前、初めてだっけ？」

健之は剛にビールを注ぎながら聞いた。

「おう。それにしても凄いオーラの人だな」

剛は耳打ちするように、聞かれたらいけないことを話すように囁いた。

「大丈夫だよ。とってもいい人だから。つまみもうまいし、好きなもの頼めよ」

健之は壁のおすすめメニューの黒板を指さした。

ＢＧＭなどあっても聞こえないような喧騒は、少しずつ慣れてくると逆に心地よくも感じられた。

「そんなに、ハワイがよかったのか？　今まで、そんなこと聞いたことなかった。お前はヨーロッパかぶれだろ？」

健之がからかう。

「ヨーロッパを知らないお前に言ってほしくありません」

剛も切り返す。

「でもな、ほんと、今回はなんだろ、しんみりって表現だと当てはまらないかもしれないけど、それに近かった。まあ、仕事だし得意先との時間以外は一人なんだな。だから一人でワイキキの通りをつらつらと歩いていろんな店覗いて……」

「それを人は飛び切りの贅沢というんだ」

「うん、そう思った。カラカウア通りに『Bills』というバルがあるのわかるか?」

「ああ、もちろん。あそこのラナイ席で白ワインを飲むのが俺は大好きだ」

「それ、思い出して、おれも早い時間、ブランチで行ったんだよ。その日さ、とてもいい天気で、エッグベネディクトも食って、白ワイン頼んでさ」

剛が、いましがたのことのように遠くを見やった。

「ウェイトレスと話して、マウイで撮った写真を見せたんだ。俺も今回の旅でびっくりするくらいよく撮れた写真なんだ」

そう言って、スマホを胸ポケットから取り出すと、その写真をスクロールした。

「カジキマグロと漁港とサンセットのオレンジ」

「いい写真じゃないか!」

健之は真剣にその写真に見入った。

「お前もそう思うか?」

「こんな写真、そう撮れるものではないんだよ、オアフでも、マウイでも」

「で、『Bills』のウェイトレスに言われたんだ。素敵な写真です。あなたは、また
ここに戻って来られますよって」

そう言って、ハイボールのグラスを開けた。

「どうした？　そんなに可愛い子だったのか？」

「いやな、また、ハワイに「行く」のではなく、「戻る」って言葉にな、惹かれた
んだ」

強面の店長に平身低頭で次のお代わりを頼んだ。

「お前のハワイ好きに感化されるつもりはないんだけどな、俺も今回、こんなに
もハワイのことを、帰ってから懐かしむなんて思いもしなかった」

「渚がな……」

さっきまでのおちょくった調子から、素面に戻った感じで健之が言った。

「今度、二人で行こうって言ってたんだ。いろんな旅行雑誌で研究してて。マラ

サダも、アイランドスリッパも、ウルフギャングも、アランチーノも、ハレクラニも、ハウス・ウイズアウト・キーも。すべては、あいつの受け売りなんだよ、俺は。だから、いっぱい俺も好きにならなくちゃと思った。実際行ったら、俺もはまったんだ。だから、渚と行ければどんなに楽しかったろうって今でも思うんだ」

二人の間に一瞬の沈黙が流れた。

「俺、初めて聞いたんだ」

そんな沈黙を嫌うように剛が話を変えた。

「ダブルレインボウ。これを見た人はもう一度その土地を必ず訪れることができるって」

そう言って、スマホの画像を健之に見せた。

「有名な言い伝えだよ。俺は、まだ見たことないんだ、こんなに毎年行っているのに。まさか、お前見たの？」

「そう、夕方近く、オアフに戻ってきてホテルのビーチサイドで。たっぷりかっていうくらいの雨が降って。そのあとだった。周りの人たちが指さして各々シャッターを切ってるんだよ。で、その方向をみると二つの綺麗な虹が交差するようにかかってたんだ」


終電間際の時間になっても店内はまだまだお楽しみはこれからと言わんばかりの盛況ぶりだった。店長がおいしい日本酒を勧めてきた。一杯ずつご馳走になり、そろそろ暇《いとま》を告げる頃だった。

だいぶ酒の入った剛は、トイレから帰ってきた健之に聞いた。

「まだ、渚のこと、忘れられないのか？」

「その話は、いいよ。剛、大丈夫、もう3年も過ぎたことだ。ちゃんと終わらせなくてどうすんだよ」

そう言って、上着を投げてよこした。

「もう、3年も昔のことだ」

小声で健之はつぶやいた。

Remeniscence〈想い出〉

「健之は、大学卒業したら何になりたいの？」

月島のもんじゃ屋だった。健之は、ちょっと張り切った上着を着てきたことを後悔していた。

「うーん、何かを作る仕事がしたい。映画でも、ドラマでも、コメディーでも。コンテンツとして残るものに携わってみたいかな」

明太餅もんじゃを口に頬張った。

「渚は？」

「人はね、いつか死んじゃうの。でもね、病気の人の回復を手伝ってその笑顔を見ることができるって素晴らしいと思う。だから、卒業したら看護学校に行くのも一つの選択肢かなって思ってる」

とてもしっかりとした口調だった。

そして、二人は顔を見合わせて同じタイミングで笑った。

もんじゃを頬張りながら、二人は、はにかんだ。

「いつか、二人でハワイ、行けるといいね」

渚は、長い髪を左側に寄せながら言った。

「おう、絶対行こうな」

その言葉に、渚が笑う。

「お前がいっぱい調べてくれた場所、二人で行こ」

「楽しみだな〜」

そう言って、笑う。

「少しは、英語勉強しててよね」

渚がからかう。

「任せろ」

ちょっとだけ、健之は、気を張った。そんな会話が楽しかった。

「でも、どうしてそんなに。ハワイのなにがいいんだ?」

健之が聞いた。

「うーん、確証はないの。でも、とてもいいところなんだろうなって気がするの」

「そうか……」

「そこにね、健之と行ってみたいと思うの。私は」

渚は、少し窓越しの風景を見つめた。

「健之とね、その景色を見てみたい。そんな自分がいるの」

そう言って笑った。

「了解、絶対行こうな。もっと英語も勉強するよ」

そう言って、笑わせた。

こんな店で、大切な話ができるとは思わなかった。遠い南の島を思い描いた。

そこには、たぶん、素敵で大切な時間が約束されている気がした。
鉄板の反対側の渚の横顔が、その笑っている顔が、健之の心を満たした。

健之の物語2

　渚の墓前に行く前だった。近所に、新しい花屋ができていた。花に詳しくない健之は、あれこれ悩んでいた。

「どんな花束が必要ですか？」

　そう言って声をかけてくれた女性は、さっぱりとして爽やかだった。

「昔、亡くした彼女の墓前に……」

　ちょっと照れくさそうに答えた。

「そうなんですか……。だったら、逆に華やかな花にしませんか？　平凡な、いつもの花ではなくて」

　そう言って、髪をかき上げながら、笑った。いい人なんだと思った。雰囲気が、それを醸し出していた。

少し長めの髪を束ねて、熱心に花を選んでくれた。

渡されたその花は、6月のどんよりすることが多い日々をとても明るくする彩色だった。

その日の空に、鮮やかに映えた。

◇　◇　◇

とても過ごしやすい青空が広がっていた。梅雨明けにはまだほど遠く、その合間をかいくぐってやってきたような青空だった。

去年は、傘なしでは来られない天気だったなんて思い出しながら、この晴れ間を有難いと思った。そして、今までは喪服で来ていたが、今年はもう普段着で来ようと、早くから自分で決めていた。誰が見ているわけでもない。ただ、なんとなく、告別式の日をいまだに引きずっている自分から少しなにかを変えなければ、という思いがあった。

気の早いアブラゼミが鳴いていた。こんな場所にありがちな雰囲気が暑さを柔らかくしている気がしていた。そのお墓の前に来ると、持参していた線香を手向けた。

両の手を合わせて、静かに瞳を閉じる。今、聞こえている自分の周りの音が聞こえないように静寂をそっと願った……。

蝉の声と、僅かに聞こえる遠い車のエンジン音。そして近くの校舎の部活の掛け声。

そんなものが、そっと遠のくように感じられた。

「もう、いいんですよ」

その人は、合掌している健之の後ろからそっと声をかけ、日傘で太陽の眩しさを遮ってくれた。その気配に全く気付かなかった健之は驚いて振り返った。

「昨年も、その前も、来てくれていたでしょう？　昨年は、私が早くて、一昨年は遅かった。会いたいと思いつつ、会ったらなんて話をしようかと思ってたんです……」

白いワンピースが今日の青空に映えて見えた。渚はやっぱり母親に似ていたんだと改めて思い返した。優しそうな細面の輪郭に、ショートカットの肩あたりまでの黒髪が清潔な印象を与えていた。手には、紫陽花の花束と、木桶が握られていた。

「こちらこそ」

健之は慌ててお墓の正面を譲りながら渚の母親に会釈をして答えた。

「勝手に、なんだかこっそり来てしまってすみません。お宅にお伺いもせずに……」

「いいのよ。そんなこと。こうして、もう3年も経ったのに命日に来てくれる。母としてこんなに嬉しいことはないのよ。健之君」

そう言ってとても柔らかい笑顔を返してきた。

「ただ、犯人って捕まってないんですよね。悔しいです」

「確かにそう思うこともあるわ。でもね、それで渚が戻ってくるわけではないのよ」

◇　◇　◇

墓参りに来るといつも思う。近くにどんな喧騒があっても、不思議とそんなものが遮断されている気がする。ちょっとした静寂を感じるのだ。晴れた日は、日差しがこの場所だけ優しく感じられたり、木々の揺れる音や葉のそよぎも、その奏《かなで》が僅かばかり大きいような気がする。雨の日は、じめじめした感触が少し和らいで、雨音が心なしか大きく響いているような感じがする。

たぶん、そんなことはないのだと思う。でも、その場所だけが異空間に感じられるのは、亡くなった、もう実際には会えない存在を、できるだけ身近に感じたいという願いがそう思わせるのかもしれない。

「去年までは黒い服で伺っていました。でも、今年はもう普段着で」

そう言って、自分の格好を指さした。

「湿っぽすぎてもよくないと思って」

「私なんて、ずっと普段着のままよ」

渚の母親は大きく笑って答える。

「いつまでもうじうじしていても、渚は帰ってこないし。それはわかっていることなの。死んだ時は、一生立ち直れないかと思っていた。これからどうしようって。目の前が真っ暗になるっていうの？　よくわかったのよ。渚のパパにもよく当たったわ。渚がいないことですべてが変わったの。なんとか昼間は頑張って、気を張って生きていた。でも、夜になるとすべてが崩れそうになって。毎晩、渚の小さい時からの写真とか映像ばかり眺めていた。ずっと、ずっと。そして気が付くと、次の日がやってきているの」

健之が供えたお花にお礼をし、自分の持ってきた紫陽花を横に添えながらそんな言葉を紡いだ。

「やっと、やっとこの頃、渚の思い出と寄り添いながら生きていこうと思えるようになったのよ」

そう言って、振り返った彼女の笑顔を、健之は本当に素敵だと思った。

二人は、お墓に線香を手向けると合掌した。

「健之君、渚のこと、忘れないでくれて本当にありがとう。でもね、このままだと渚も困ると思うの。次の景色を探してほしいの。思いっきり楽しんで、思いっきり笑って……。そして、『あっ、今、渚のこと忘れている自分がいた』なんて風に、だんだん変化して。そんなことを誰も責めたりしない。渚も、私も。私だって成長しないといけない。健之君もそうあってほしいの」

爽やかで凛とした風が、すっと二人の間をすり抜けていった。

渚の「今年も有難う」の言葉であるかのように。

先ほどからの気の早い蝉の声が、少しだけその奏をゆっくりと演じている気がした。そんな奏も渚の墓石に吸い込まれていくような、そんな静けさが、二人のいるその場所にはあるように感じられた。

健之と郷史　～　新宿三丁目の居酒屋　～

「いつか……、ギラギラした性欲がなくなったら、そんな時が来れば、それでもお前のこと覚えていたら手紙を書くよ。もし、それがお前に届いたらその時は俺に会ってくれ。お互いおじいちゃんになって、また飛び切りの友達で再会したい。酒飲み友達になってくれ。たぶん、メールでもなけりゃ、スマホでもない。極端にアナログなやり方でな」

健之に視線を合わせることなく、少し遠くを見やりながら、郷史は飲みかけのビールジョッキをおいた。

「俺は、大学の頃、ずっとお前が好きだった」

そう付け加えた。

「えっ」

真剣に驚く健之に、郷史は笑いながら答えた。

「お前以外、みんな知っているよ」

そう言って、手で制した。

「そんな話、こんな居酒屋なんかじゃなくて……」

そんなことを言う健之の言葉を止めた。

「いや、ここでいいんだよ。ここだからいいんだ。そんな重たい話なんてしてないんだよ？　健之」

と言いつつ、

「お代わりください！」

威勢のいい声で郷史は店員にジョッキをかざした。

「大学の頃の友達が飲んでいるだけ。そこにちょっと変わったやつがいた。それだけのこと。渚のこと、まだ吹っ切れてないこと、今日会ってわかった。だけど頑張って乗り切ってほしい。新しい出会いとか、見つけてほしいんだ」

郷史の言葉が、居酒屋の喧騒の中、しっかりと聞こえてきていた。

「あの頃の、渚と楽しそうにしているお前の横顔を見ているのが俺は大好きだった……」

ジョッキを片手に、郷史は少し遠くを見やる仕草をしながら、

「おい、気持ち悪いとかいうなよ！」

そう言って笑いを誘う。

「おい、俺はお前のこと、一度も気持ち悪いなんて思ったことないぞ」

健之はむきになって答えを返した。

「新しい出会い、頑張れよ。お前ならすぐにでもいい子見つかるよ」

「…………」

「俺はさ……」

そう言って、郷史は目線を伏せた。

入った時はまだまばらだった店内も、気づけばほぼ満席になっており、その喧騒が郷史の言葉をかき消してしまいそうだった。

「覚えてるか？　渚が亡くなって、お前が俺の前で泣き崩れた時。俺、びっくりしたんだ。いつもしっかりしてるお前がそんな風になるんだって……。あの時さ、どうにかなんないかって思ったんだ。俺とどうにかなんないかって」

いつもの威勢のいい声ではなかった……。絞り出すような声だった。

「そんな自分にあきれたんだ。情けない、どうしようもない自分に。でもな、今、思うんだ。あれは、嘘のない本当の自分の気持ちだったたって」

そう言って、手元のビールを飲み干すと、また威勢のいい声でお代わりを店員に注文した。

「郷史、俺の勝手な買い被りかもしれないけど、大学の頃、よくコンパとか飲み会やったろ。たまに、俺がくだらないことで声出して笑ったあと、なんとなくお前と目が合ったよな。それって、俺のこと見てくれてたのか？」

「あたりまえじゃん」

何ら戸惑いなく、そう答える。ビールに一口、口をつけて。

「声たてて笑ったあとに　遠くを見つめるくせ　そばにいられるなら　熱い瞳は交せなくても　歓ぶ顔に喜べる　ゆれる影でいたい」

「誰の曲の歌詞だよ？」

健之が、興味深く身を乗り出す。その問いに、

「ごまんとある邦楽の中から、とてつもなく暇がある時に探してみろよ」

そう言って、郷史ははぐらかした。

「あの日、お前が泣き崩れた夜、おれはさ、闘ったんだ。キーワードはただ一つ。『狡《ずる》さ』だ。もうあんまり詮索すんなよ。こうして話すのも結構勇気いるんだよ」

そう笑う。

健之は自分のグラスを握りしめたまま、その居酒屋の喧騒の中にいた。

「ただな、この時代だ。なにも近しい大学の友人関係を壊してまで告白なんかす

るよりもな、そんなのスマホのサイトでいくらでも知り合えるご時世だ。そして、それで充分なのかもしれない。それでも、お前のことを考えている自分がいたことは、間違いないいんだ」

「…………」

「『本当の気持ち』は、そんなアプリなんかでリセットできるもんじゃないんだ。つまりな、頭の中でいろんな『想い』が縦横無尽に目くるめく。前に進んだり、後ろに引き返したり。別に何か悪いことをしたわけではない。人の『想い』だ。自分自身の中の葛藤と向き合って、それを乗り越えていかなくてはいけないんだ」

郷史は、ジョッキをゆっくり置いた。

「なぁ、健之。俺はな、お前のことを好きになって、昔より自分のことを受け入れることができたんだ。次に進んでいく『宝物』を貰ったんだ。それは、ちょっとした背中を押してくれる力みたいなもんだ。俺の財産だよ」

「ありがとう」

健之には、その言葉しか出てこなかった。

「健之……」

郷史は彼の顔を見つめた。

「俺はこんなやつだ。苦しいんだ。わかってほしい」

「でも……」

それでも違うと、健之は言いたかった。郷史の自分に向き合う姿に、なぜか心を打たれた。やはり頭のいいやつだと思った。そんなやつと大切な大学の4年間を過ごしたことを、改めて有難く思った。

「有難う。今日は久しぶりにいい男と飲めてよかった。また、逢おう」

健之はなにも言い出せなかった。そんな気配を感じ取ったのか、郷史は健之に体を寄せると茶目っ気のある笑顔で囁いた。

「今だから、ぶっちゃけるけどさ、大学1年の夏、珍しくお前が飲みすぎて一緒におまえんちに泊まった時のこと、覚えてるか?」

それは、酒が強いと言われていた健之がつぶれた日だった。

「あの日な、俺は、お前の唇を奪った！」

誰に言うでもなく、むしろ今更ながらに宣言する口調だった。

「えっ！」

健之の驚いた顔を楽しむかのように、

「なかなか、柔らかな感じの唇だったよ。うん」

そう言って、郷史はとても明るく健之を見つめ、片目をつぶった。

「知らなかったろ？　ざまーみろ」

郷史の笑い声は、居酒屋の喧騒の中、ひと際大きく、その店の中にひびき渡ったような気がした。


終電もなくなった新宿の街は、それでも多くの人で溢れていた。

「じゃあ」

郷史は全く酔った様子もなく、丸っこい顔に笑った顔をのせて健之に向き合った。

「今日はサンキュー。楽しかった。お前に告白するとは思わなかったよ」

「郷史……」

健之は返す言葉を探した。

「渚はいい子だった。でもな、現実は受け止めなくちゃだめだ。もう、3年も経つんだ。次の生き方迷わないでほしい。俺が、今更ながらに焼きもちを焼くくらい……いい恋をしろよ。それがお前との約束だ」

郷史は、健之の顔を見据えた。

「健之、約束だ」

Interlude 2

俺は、いつも夏が来ると思うんだ。この季節がずっと続けばいいのにって。

子供みたいに。真剣に。

夕立にあって、慌てて近くの軒先に走ったことや、太陽と反対に花を開くひまわりをみつけて笑ったことや、ビーサンの鼻緒がきつすぎて絆創膏を貼ったことや、かき氷を一気に頬張って頭がキーンとしたことや、花火の煙で涙したこと。

だめだって言われてる、近くの川に悪ガキと一緒に自転車で行って川遊びして。

勇気を出して、天狗みたいな葉っぱを口にくわえて冷たくて深そうな、岩場から飛び込んで。そんな、夏だった。

川の水は本当に冷たくて、澄んだ水面と深い緑のコントラストだったのを覚えている。遠くに蝉が鳴いている声が聞こえる。

まだ、雷鳴にはほど遠く、みんなのはしゃぎ声は永遠に続いていくかのようだった……。

これから背負っていくものについて、その時はまだなにも考えていなかった。いや、考えようとしていなかった。

郷史の物語

郷史は、普段着で渚の墓前に立っていた。本人が好きだったマリーゴールドを携えて。

木桶の水を墓石にかけ、マリーゴールドを手向け、線香に火を灯した。

ここに来ることは、健之にも内緒にしていた。自分が大学時代、思いを寄せていた人間、そいつが大好きだった彼女。焼きもちを焼く気はなかった。そして、傍に健之がいていろんなこと、キャンプに行ったり、プールに行ったり、一緒に中間や、期末の勉強をやったこと。いつも、俺が教える立場だった。あいつは、英語はいけたけど、経済学についてては俺がずっとサポートしてやっていたのを覚えてる。

そんな日々が懐かしく感じられた。そして、そんな自分が本当は大好きな人間、そいつが愛している彼女。それでも、健之が笑って過ごしている毎日を一緒に過ごしていることが、自分にとっては、ちょっとした至福のように感じていた。自分の生き方、悩んだ日々、そんなものを払拭してくれるような、存在だった。それが、俺の中の健之だった。

梅雨明けを告げた空は、青空が広がっていた。入道雲が遠くに見えた。今日も、一雨来るのだろうかと思った。それでも、汗っかきな郷史は、ハンドタオルではなく、フェースタオルを首に巻いていた。

「元気か？」

墓石に向かって話しかけた。木桶の水を墓石にかけながら。

「お前には悪かったけど、あいつに告白しちゃったよ」

蝉の声が聞こえる。

「でも、大丈夫。やっぱり、あいつは渚のことが大好きだ。ほんと、ほんと羨ましいよ。

ただな、もうそろそろ新しい恋をさせてやってくれ。おれは、ずっとあいつのこと、後ろから支えるから。まかしとけ」

一瞬、いろんな音が止まった気がした。

「渚、お前は最高にいい女だった」

人気のない場所に蝉の声が蘇ってきた気がした。雲のない透き通った空に、夕暮れがやってきそうな雰囲気だった。

郷史は、墓石の前に胡坐《あぐら》をかくと、持参したビールのプルトップを空け、頭の上までそれを掲げた。

「渚、俺にもいい男がやって来ること、祈ってくれよ。そっちから」

そう言って、缶ビールを呷《あお》った。

墓石の前が、こんなに清々しいとは思わなかった。ただ、ゆっくりできる気がした。ひんやりとした空気が流れていた。そんな中、ここの住職が他の弔客を連れて来ていた。

そろそろ、行かなくちゃと思った。

「渚、やっぱり早すぎるよ。健之の思いだけじゃない。俺としても、お前ともっと話がしたかった。お前と、健之の傍にいるのが、俺は嬉しかった……」

「渚、また来るな」

そう言って、残りのビールを飲み干した。

暮れかけた空は、もう空の色を変えようとしていた。さっきまで、存在していた入道雲は、いつの間にか消えていた。

郷史は、木桶を持ち、渚の墓石をあとにした。

イヤフォンをブルートゥースでつなげると、コールド・プレイの『Viva・La・Vida（美しき生命）』を流した。いいバンドのいい曲は、色褪せない……そんなことを考えながら。

たぶん、自分の思いもまた、一緒だと。

剛の物語2

　ここ連日、気温の高い日が続いていた。スーツの上着を肩にかけ、夜の接待前にたまっている内勤作業をこなそうと、会社に戻る途中だった。剛はいつも近道の手段に使っている公園を通り抜けようとしていた。都心にある公園はこぢんまりとしており、それでも申し訳なさそうに3 on 3のコートを併設していた。近くの専門学校生が昼休みや、授業が終わったあとに楽しそうにプレイに興じるのを見やりながら会社への辿る道だった。

　ふと違和感を感じ、公園内を見やった。この公園には、俗にいうホームレスがたまに居を構えていることがある。そんなことは問題ない。剛は逆にたくましい人たちだとさえ思うこともあった。

その日、感じたのはそこに佇んでいるその人、そのものの違和感だった。そのような人にありがちな、ぼろぼろの洋服に何日も風呂に入っていないような様相。至近距離で対面すると不快な匂いを感じざるを得ないこともある。だが、その老人は、こざっぱりとした格好で髪も丁寧になでつけられており、新聞らしきもの、それもスポーツ新聞等のタブロイドではないものを一心に読んでいる姿だったからだった。すこしふくよかな体形で、熱心に新聞を読んでいる姿は、普通の老人となんら変わりはない気がした。また、そのような人にありがちな手元の荷物もちゃんと整理されており、すぐにつぎの場所に移動できるような様相だった。

あまりにも、剛がじっと見ていたからだろうか、なんとなく、目が合った気がした。そんな視線を慌ててそらすと、剛はオフィスへと足早に戻った。

事務所に戻ると、オフィスがざわついていた。

「どうした?」

近くにいた後輩に声をかけた。

「なんだか、神谷部長が急遽異動になるらしくて」

「誰だって？」

「神谷部長です」

「はぁ？」

剛がとても信頼を置いており、一番親身に感じている先輩であり、上司であった。

「異動の時期じゃないだろ？　今は？」

なんとなく、その後輩に食って掛かりそうになっていた。

「先輩、興奮しないでくださいよ。僕が聞いたのは、ほら、対立してる布井部長の策略じゃないかって、もっぱらの噂です」

「そんな、どっかの銀行の話じゃないだろ」

剛は、社内で信頼のある同期に携帯で連絡を取った。

「神谷さんのせいじゃないんだよ。どうやら部下の失敗を被ったみたいだ、神谷さんが。そこを布井さんが大げさに社内に触れ回ったって話が流れてる」

「じゃあ、きちんと説明すればいいことだろ？　俺、行ってくる、誰がいい？」

「剛、やめとけ。お前にそんな力あんのかよ？」

「そんなのわかんないだろ？　神谷さんほっとけないだろ？」

「剛、学園ドラマじゃないんだ。落ち着け」


パソコンに向かっていながら、なんら仕事は進まなかった。後輩が剛のそばにやってきた。こいつは仕事もできないのに、社内の裏事情には相当詳しいやつだった。

「やはり、布井部長が企んで、神谷さんを貶めたようですね」

剛の耳元でいいネタを伝えましたと言わんばかりに笑った。

パソコンのキーボードに置いていた右手で、その後輩の胸ぐらをつかんだ。

「そんな情報、俺に話せと俺は言ったか？」

普段は温和な剛からは考えられない表情で、その後輩を突き飛ばした。


当の神谷部長がフロアに戻ってきたようだった。よく知っている剛に視線を向ける。剛もその視線を感じ目配せした。相手は携帯を胸のポケットから取り出すと右手でその携帯を指さした。そして、自身の席へと消えていった。数分が流れた後、剛の携帯が震えた。

「今日か、明日か。いや、お前の空いてる時間でいい、ちょっとどうだい？」

神谷部長からの伝言だった。すぐに返信する。

「今日、すぐに外で会いたいです」


いつ頃からだろう、新橋の18：00過ぎくらいからの賑わい、喧騒が好きになったのは。ＳＬ広場にたどり着くとホームグラウンドに来たような自分がいた。行き交う人たちの流れもどことなく親近感を感じてしまう。その広場を足早に過ぎると、神谷部長と約束をした居酒屋の暖簾をくぐった。

その店は、昼はボリュームのある定食を求めるサラーリーマンで列をなしており、夜になれば、うまい魚をあてに一杯やりたいと考える輩で連日満員のお店だった。うまく、二人分の席を確保し、部長の到着を待った。席に着き、スマホを眺めていると、ほどなく後ろから肩を叩かれた。

「待たせたか？」

そういう彼は、普段と変わらないきちっとしたスーツ姿で立っていた。

早い時間から盛況な店内では、カウンターに隣り合わせると肩をすり合わせるくらいの距離で1杯目のビールで乾杯した。

「驚いたか？」

普段から笑いを欠かさないこの人は、グラスのビールを3分の2は一息で空けると、大きな笑顔で聞いてきた。

「そりゃ、そうですよ。外から帰ってきたらいきなり外野ががやがやしてるし。思わず後輩に切れてしまったんですよ」

「温厚なお前らしくない」

他人事のように答える。

「本当なんですか？　異動するって」

なんとなく、部長の顔を直視できず、カウンターの中を見やったまま尋ねた。

「ほんとだよ」

残りのビールを飲み干して、そう答えた。

「どんなふうに伝わってるか知らんが、決して、聖人君子でもなければ、カッコつけて立ち振る舞ったわけでもない。あの時、そうするべきだと思って行動したまでだ」

「じゃぁ、きちんと会社に説明して残ってください」

剛も1杯目のビールを空けると、部長の顔を直視した。

「まぁ、熱くなるなって、剛」

そう言って、剛の肩に手を置く。

「あの企業との取引について、俺のチームのメンバーが契約取り切れなかったことは事実だ。それを上司の俺がフォローできなかったことも、事実だ。その件について、どんな裏事情があったかは俺は知らない。でもな、俺は、メンバーを守らなきゃいけない。それが俺の責務だ」

「わかりますけど……」

納得のいかない様子の剛の顔を覗き込む。

「部下は、上司を選べない。そして、上司も部下は選べない。昔からよく言われてることだ。でもな、そこに仕事がある。否定してもしょうがない。今回の件で、俺は部下の失敗をうまくかわすことができなかった。それだけのことなんだよ」

「…………」

「本社の肩書のなくなった俺なんぞとかかわってると、疫病神がとりつくぞ」

そう言って、肩をくっつけてきた。いつもの愛嬌一杯の表情で。

「でもな、お前には悪いが今日はお前と飲みたかった。社内の噂はどうでもいい。ただ、入社以来、気にかけてきたお前とは、異動前にちゃんと話がしたくてな。俺の言葉で説明しときたくて」

それまでのおどけた口調から一転して、少ししんみりした感じだった。

「僕だって一緒ですよ。すぐにいろいろ話したかったので」


店を出ると、昼間の熱気は少しだけ和らいだように思えた。

「じゃあな」

彼は右手を差し出した。

「こんな俺のこと、気にしてくれてありがとな。お前は仕事できるし、俺みたいにくだらないことでこけるなよ。お前の活躍、期待してる」

そう言い残すと、踵を返して新橋の雑踏の中へと向かっていった。剛は最後になにか声をかけたかった。だが、なにを伝えるべきか、その時の剛にはわからなかった。呼び止めようとして思いとどまり、その雑踏の中に立ち尽くしていた。

新橋の駅前はいつも通りサラリーマンの天国と言わんばかりに、たくさんの人が往来していた。酔いに任せて大笑いしている人たち、深刻そうな顔つきでひそひそと言葉をかわす人たち、酩酊度合いが酷い人、まだ飲み足りなさそうな人。昼間の空気をまだ引きずったままこの場所にいると、ネクタイぐらいは外さなきゃやってられない雰囲気に思われて仕方なかった。

◇　◇　◇

それから、1か月後だった。その部長が会社に退職願を提出したのは。

夏を迎えるにはまだ気温も低く、過ごしやすい7月の午後だった。剛は午前中からずっと社内で内勤をしており、昼食をとってから、外出しようと考えていた。同僚たちと近くの町中華での食事を済ませると、いつもの公園を横目に見ながらオフィスへと帰るさなかだった。

以前にふと気になった老人が、あの時と同じベンチに座って、同じように新聞を読んでいた。自分にとって大切な記事を熱心に読むかのように。

クーラーの効いたオフィスに戻り、外出の準備をした。パソコンを閉じ、いつも通り受付の女性に軽口を叩きながら事務所をあとにした。

「今日こそ……」そんな思いを抱きながら。

昼飯時の時間を外した専門学校生や、大学生が公園を賑わせていた。バスケのコートも占領され、スーツ姿の人間はお断りですと言われんばかりの空間だった。

剛は、事務所の自動販売機で買った冷たい缶コーヒーを2本携えて、その公園を横切った。若者のバスケに興じるざわめきも一切耳に入らない様子のその人に、近づいて行った。

おもむろに、缶コーヒーを差し出した。

「すみません。ちょっとお話ししませんか?」

その熱心に新聞を読んでいた全く素性を知らない老人に、剛は冷たい缶コーヒーを差し出した。

「失礼なことを言ったらすみません。でも、なんとなくなんです。この公園に住居を構えている方、これまでにもよく見てきました。あなたは、その中でなんだか全く違う気がして」

「どこがだね?」

「うーん、そう言われると困るんですが、読んでる新聞とか、身の回りの整理とか……。あと、しっかりしてそうな気がする」

「僕以外の人は、しっかりしていないとどうして思うのかね？」

「うーん、すみません。僕の直感なんです。あなたは、そんな姿ではない気がして。

あっ、ごめんなさい、けっしてあなた方を悪いと思ってるわけではないんです」

「構わんよ。……で、どうして僕に声をかけた？」

剛は自分自身で思った。この人が言うように、どうしてこんなことをしてるのだろうかと。

「わかりません。なんとなく、あなたとお話がしたいと思ったんです」

「こんな、汚いホームレスとか？　面白いな、君は」

「汚くないですよ。全然、嫌な臭いもしないし。あっ、すみません」

「いいよ。気にしなくて」

剛は、思い切って尋ねた。

「僕、会社辞めたいと思っているんです。どう思います？」

「なぜ、僕に聞く？」

「わかりません、あなたの意見を聞きたいと思ったんです。なぜかわからないけど」

「こんな人間にか？　あてもなくその日暮らししてる人間に？」

「そんな風に言わないでください。あなたは、本当は違うんじゃないかって、そう思うからお話聞きたくて、来たんです」

長い沈黙が流れる。

「有難う、と言わなくてはな。こんな老人を気にかけてくれて。では、君になにが言えるかわからんが考えてみるよ。せっかく、そう言ってくれるので」

また、沈黙が流れる。

「会社を辞める、辞めないは僕にはわからんよ。でも大切なのは、自分がこうしたい、と思う気持ちじゃないのかな。世間の考えるベーシック、有り様は関係ない。大切なのは、自分がどうしたいかだと思うが。こんな話でいいかな」

「やっぱり、あなたはそこらの人と違うと思います。しっかりされてます。僕が言うのは生意気ですけど。とても参考になりました。自分から自堕落な生活をしてホームレスになる方は、ベーシックとか、有り様なんて言葉、使わないと思います」

その優しそうなふくよかな顔を見る。髭に覆われている顔は確かによく見かけるホームレスのそれに違いなかった。でも、剛の中でなんともしっくりしない部分が残った。

「また、お話をしに来てもいいですか？　わからないけど、あなたと話していると懐かしい気持ちになれるんです。僕が大切にしていたものを思い出させてくれるような」

老人は、聞いていない様子だった。

剛は会釈をするとその公園をあとにした。その後ろ姿は、彼と話す前よりとても、しっかりと歩いているように思われた。

その老人は、剛からもらった缶コーヒーを飲み干し、大事そうにその空き缶を両の手に持っていた。

「しかし、大きくなったなぁ」

そんなつぶやきは、公園で遊ぶ若者たちの喧騒でかき消された。

時間は動いていた。同僚から情報を得た。

その情報を元に、剛はすぐに神谷部長の携帯を鳴らした。

《現在、この電話は使われておりません……》

とても思いやりのある素敵な上司だった。出身の慶應が大好きで、それでも気取らず、ユーモアがあって、オールバックの髪形にちょっとだけ太めの丸い顔がしっくりとしていた。会話の時に首を少し傾げながら、目尻を下げる仕草は人を惹きつけるなにかがあったと思う。そして、わかってるよと言わんばかりに大きな目をさらに大きくしながら笑うその顔は、男でも惚れてしまうようなものだった。

左利きの手で、子供みたいに眠そうな目を擦り、大好きだったスキーのコブを攻略する話を自慢し、菅平と八方尾根と春を過ぎた月山を愛していた。

こんな先輩みたいになりたいと思っていた。そしてこんな先輩を超えたいとも思っていた。そんな人が、会社を去っていく。ぶつける怒りを持っていく場所がなかった。もっと去っていくべき輩がいる気がした。会社に媚を売って上辺だけの忠誠心を持っているやつ、人の失敗を見つけるとここぞとばかりに叱責する度量が狭いやつ、自分はなにもせず後輩の成果を横取りするやつ。どんなにいい大学を出ても、根本がダメなやつはいっぱいいる。そんな思いを持つ剛は、もどかしくてしょうがなかった。

自分で勝負しないやつ、でも上手くやるやつは、ちゃんと会社で生き残るようにできている。納得のいかないことに憤りを覚え、どうしようもない目の前に空を切るこぶしを握りしめた。

◇　◇　◇

ふと、我に帰ると、新宿のマスターの店のいつもの席に座っていた。

「ほら」

そう言って、冷たい水の入ったグラスを手渡された。

「俺って……」

「だいぶ、酔ってうちに入ってきたぞ。だから少しほっといた。やっと顔を上げたので、冷たい水をご馳走させていただきました」

そう言うマスターは世界一優しい笑顔だった。

「いっぱい、嫌なことがあって……。俺、もうサラリーマンできないかも。なんか、つくづく嫌になって」

冷たいグラスの水が気持ちよく喉を通り過ぎた。少しだけ、しゃんとできる気がした。

「でも、辞める勇気あんのかな、俺は」

自嘲気味にマスターに問いかける。

それは、自分自身への問いかけだった。そして、たくさんの勇気を必要とするものだった。

「俺は、弱いからな～」

珍しく、自嘲気味な言葉が出てしまった。

「一橋を卒業して、商社勤めで英語も堪能で。そんなんに満足している輩はいっぱいいるだろな、今日のお前以外は」

マスターは、ジャックダニエルのソーダ割りを自分のために作ると一口、口を付けてつぶやいた。

「でも、なにが『最適解』かは、誰にもわからない。自分の人生、終わらせるその間際まで」

剛は、マスターを見つめ、口元を緩めた。

「相変わらずですね。東大を卒業して、自分一人でお店立ち上げて、それからずっとこの店でいろんな人の話を聞いてあげたり、適切なアドバイスをしたり……。そんな人には到底、敵いっこないんです。そう、思うんです。まぁ、だから俺たちは、大学時代から、あなたの店に来てるんですよね」

そうつぶやいた。

「少しは、酔い醒めたか？」

「はい」

グラスの残りの水を飲み干し、お代わりをお願いした。

「たまに思うんです。ここは、駆け込み寺みたいだって。あなたの言う『最適解』って、とても難しいですよ。ずっと迷ってる。答えそのものではなく、出し方、解き方について。逆に、その出し方、解き方のほうが、大切なんだってこの頃、少しずつわかってきた気がします」

「少しは、酔いが醒めたか？」

マスターがちょいとおどけた口調で同じ質問を繰り返す。

この人なりのいつものやり方だった。俺の大学時代から……。

二人だけになった空間にちょっとの静寂がともった。ジャックソーダの氷がわずかに音を奏でた。

「こないだ、ハワイに行ったでしょ。あの時、マウイ島、オアフ島に行って。いつもとは違うハワイの過ごし方して。この島で暮らすのはどんなものだろう？　って考える自分がいたんです。会社を辞めて、あの島で暮らしてみたいと。日が昇ったら起きる支度をして、夕日が沈んだら寝る準備をする。そんな場所で、日本食を出す定食屋をやってみたくて……」

剛は、今まで、ずっと抱いていた想いを今、初めてマスターに告白した。

「僕は、誰かに僕の生き方を押し付けたりしたことはない。ただ、自分が信じる世間の常識だとか、有り様なんてものは、自分の中にあればいいと思う。

大きな枠があるんだよ。でっかいキャンパスだ。それはとても広くて心地よかったりするもんだ。その中を自分自身がどうやって埋めていくか？　それが大切なんだと思う。どんな色で染めていくか。きゅうくつになるって、そんなの嫌だろ？　その答えを作り上げるのは自分でしかないんだよ。

誰かのアドバイスは、アドバイス。そこまでなんだ。最後の答えは、結局自分でしか出せないんだよ。パズルの最後のピースも、結局のところ、自分が当てはめなくてはいけないんだよ。その時の自分の気持ちが強くとも、弱くとも。それが自分なんだよ」

　夜中のシンとした空気が流れる。

「ドイルも、チャンドラーも、ヘミングウェイも、カポーティーも、春樹も、たくさんの素敵な言葉を残してくれている。だけれど、取捨選択するのは、自分自身なんだ。それが究極の選択だし、『最適解』なんだ。僕は、そう思いたい。

　そうじゃないか？　その存在価値なんて、おこがましくて、崇高なものではないって思っても、この世界に生をうけた唯一無二の稀有な存在として。そんなふうにして、人は存在していると思う」

「…………」

「ハワイ。いいじゃないか。日本人だからといって、仕事は霞が関や永田町だけで行われているわけではない。

　大切なのは、自分がどうやって自分の人生を生きていくか。決してカッコいい人生でなくていい。振り返って最期に、そっと自分の命のタクトをどうやって置けるか、否か。

ものさしは一つではない。その長さも、距離も、大きさもその人が決めればいいことだ。しがない、バーのマスターはそう思う。

確かに俺は世俗的にいい大学を出たのかもしれない。でもな、そんなもん関係ないって意気がって生きたかった。自分の頭で生き方を考えて、誰にも邪魔されたくなかった」

そう言って、手元のジャックソーダに1オンス液体を注いだ。

「60も近くなるとな、そんなこと自体どうでもよくなる。大切なのはどう生きるか？　どうしたいのか？　そこが、人生の『最適解』を出すための因数分解であり、連立方程式なんだよ」

「…………」

「ただな……」

そう言ってジャックソーダのグラスをそっと置いた。

「算数や数学みたいに確固たる唯一の正解が出せないのが人生だ。だから、お前も悩め。いろいろたくさん考えろ。そうしたら、お前にもちゃんと、また日は昇る。日はまた昇り、新しい夜明けを体験でき、次の新しいステージに進むことができる……」

風香の物語

待ち合わせの場所は、銀座の古い老舗のバーだった。約束の相手は風香の勤める広告代理店に関係する人だった。その人からの提案のバーだったが、風香は少しだけ、入るのに勇気がいった。

ちょっとした時間があって、ここを選んだ人間が入ってきた。

佐藤征夫という、得意先の人だった。

彼は、風香の左側のカウンターにゆっくり腰かけた。

「左利きだとこっちの席が動きやすいんだよね」

そんなことを話していると、顔見知りのバーテンダーがこちらへ向かってきて、

彼が注文する前に、

「ギムレットのロックでよろしいですか？」

と声をかけた。彼は無言でほほ笑み、大きく頷いた。

「前にも言ったかもしれないけど、混雑する前のこの時間のバーの空気が好きでさ。俺の好みで待ち合わせを決めてしまって、すまないね」

「いえ、あまり行く機会がないから新鮮です」

「たばこの煙に侵されていないバーって、この時間だけなんだよね。僕も昔は愛煙家だったから大きいことは言えないのだけど、いま、禁煙してこうしてバーに来るとさ、この新鮮な空気の中で1杯目のおいしいギムレットを飲めるのが結構な贅沢だと感じるんだ」

そう言って、グラスに口を付けた。

「昔、読んだ小説があってね……。こんな時間のバーの在り方についてうんちくを垂れるんだ。すがすがしい時間のバーの在り方について。酔った客もいなくて、マスターが丁寧にグラスをトーションで拭いて最初のゲストを迎える……」

そう言って、店内を見渡した。

「僕は、このお店に同じようなものを感じるんだ。ちゃんと磨かれたグラス、ちゃんと整えられたコースター、ちゃんとしたその日の初めてのゲスト……」

先ほどから店内を流れるコルトレーンのジャズが、気持ちよく空間を充たしていた。

「なんていう小説なんですか？」

「『Farewell, My Lovely』、日本語訳だと一番有名なのは、『さらば愛しき女《ひと》よ』かな。レイモンド・チャンドラーという作家の作品なんだ」

「今度、読んでみます」

「ぜひ。でもね、男が好きな小説かもしれない。気障《きざ》になりたい馬鹿が」

そう言っておどけて表情を崩した。

「昔ね、映画化されたことがあって。その時、この主人公をロバート・ミッチャムという俳優がやったのだけど、僕は、個人的にその人が好きでさ。そのほかに演じた人もいたけど。今でも、僕のヒーローなんだ」

ちょっとおどけながら話した。

「今度、観てみますね」

「そっか、すべて君からしたら、ずいぶんな過去なんだよね。すまないね、なんだかおじさんの会話につきあわせて」

「そんなことないですよ。佐藤部長の話を聞くのは楽しいです」

「僕らがやんちゃしてた昔話なんだよな」

おどける彼の笑った顔が風香の心をくすぐった。なんて、無邪気な笑顔なんだろう?

彼が少し遠くを見やった気がした。

「僕は田舎育ちでさ、大学から東京に出てきて、どっかで『負けてたまるか』って。でもなんの取りえもなくてさ。ただ、映画だけは大好きで。そこだけは誰にも負けないくらい観た自負はあるんだ。高田馬場の早稲田松竹が僕の青春だった」

　ちょっとだけ、背中を丸めるような仕草をしながら。

「だから、映画配給会社なんですね」

　風香が隣で頷く。

「生意気なことは言えないけど、誰かの背中を押せる仕事、映画でも、ドラマでも、そんなものを観て、僕も、私も頑張ってみたい！　と思うようなことを提供できる仕事がしてみたかったんだ」

「とても素敵な考え方だと思います」

「僕は、トム・クルーズにはなれない、ケビン・コスナーになれるほどの器でもない。だからこそ、僕が見てきた映画をいっぱい、いろんな人に広めたいと思ったんだ。夢を見ることの大切さを持ってほしくて。自分の持っている可能性を卑下せずに、どん欲に追求してほしくて。一度きりの人生、一番いけないのはやらない、行動しない後悔だ」

まだ、店には、2人以外の客は1組だけだった。

そんな、ひっそりとしたバーで征夫が話してくれた言葉が、とても深く風香に突き刺さった。

「さて、ご飯でもいこうか?」

そう言う彼の表情は、いつものののんびりとした優しいそれに変わっていた。

夏を迎える前のちょっと湿度の高い空気が、その店を出ると感じられた。

まだ、空は暮れきれず、空の左側に少しの青を残していた。遠くで蝉の鳴き声が聞こえた気がした。つい2日前までの梅雨の宿題みたいな天気もひと段落していた。

征夫が、タクシーをつかまえようと風香のほうに振り向いた。左の眉を少し上げながら微笑むその顔に、風香は胸の奥のどこかがグッとつかまれるような感覚を抱いていた。

蒸し暑い空気の中、ちょっとした清涼感のある風が吹いた。そんな風が、風香の背中を後押しした。

「部長のお好きなものって、なんなのですか？」

風香はおどけて聞いた。

征夫は、振り返り、

「からすみのスパゲッティか、イカ墨のパエリアかな」

そう言って、大きい目で笑った。

◇　◇　◇

着いたのは、南青山のスペイン料理店だった。

「僕の趣味で、ここを選んだけどいいかな？」

ちょっとだけおどけながら、聞いてくる。

「全く問題ありません」

風香は、答える。

地下1階の店は、ステンドグラスにも配慮された素敵な空間だった。

「イカ墨のパエリアは、ぜひ食べてほしいな」

茶目っ気たっぷりの表情で風香を見やる。

「あとは、海老のアヒージョと、ハモンセラーノ、ガスパチョ、あとは、ちょいとバジルのパスタでも」

そう言って、風香にメニューを渡した。

「私は、それで大丈夫です。楽しみ」

彼は、とても優しい笑顔で、ゆっくり頷いた。

料理が来るまで、会話が弾んだ。

「昔ね、ジョン・トラボルタの出演した『フェノミナン』という映画があったんだ」

そう言って、白ワインを口につける。

「どんな映画なんですか？」

「ちょっと奇想天外なんだけど、大変面白い作品でさ」

最初に提供されてきたハモンセラーノにオリーブオイルをかけて、フォークを口にした。

「昔に、『愛と哀しみの果て』というロバート・レッドフォードとメリル・ストリープの映画があって、その映画もとても秀作なんだけど、この作品はね、ちょっと模倣している感じがあるんだ。髪の毛を洗うシーン、それから、リンゴを齧りながら子供たちを諭すシーン、名優ロバート・デュバルの酒場の演技、最後のトウモロコシ畑のゴールドのシーン、そして、エリック・クラプトンの『Change the World』、とても素敵な映画なんだ」

「そうなんですね」

風香は、ガスパチョに口を付けながら答える。

「ぜひ、観てみます」

「今はどうかわかんないけど、フェノミナンの複数形の形で、フェノミナでよく大学受験の問題に出てたんだ」

「ぜひ、ぜひ」

笑って答える。いい笑顔だなと、風香は思った。

風格のある体格、それでも優しい印象が頼もしく思えた。

あっ、私はこの人が好きだ、と思った。

「僕が好きな、パエリア食べろよ」

そう言って、今、提供された料理を差し出した。

この人の、笑顔と豊富な知識、映画も、小説も深いこと。

いけないと思いつつ、この人と、歩きたいと思った。

メインの料理も、テーブルに着いた頃だった。

「僕の好きな『めぐり逢い』みたいに、3か月後、東京タワーで会わないか。それまでに、いろんなこと、整理したい。そして、待っていてほしい」

風香は、

「大丈夫です。あなたのこと、待っています」

と、答えた。

風香と郷史と健之

クリスマスまであと1週間を控えた週末だった。

風香は、ほとんど知らない新宿二丁目のマップをGoogleで調べていた。

行先は『Treasure（宝物）』

ようやくその前までたどり着き、息を整え、2階の狭いドアを開いた。

まっすぐなカウンターには、2、3人の先客がいてカウンター越しに談笑していた。少したじろいた時、

「風香か？」

いつもの丸っこい体格の郷史が、声をかけてくれた。

「よかった、いてくれて」

少しだけ、ほっとした。

◇　◇　◇

「お前がこんなとこに来るなんて、台風が来るぞ」

カウンター越しに、郷史はビールをサーブして笑わせる。

常連や店のバイトが、冷やかしの言葉をかけてくる。郷史はそれを無視し、

「どうした？」

と少しだけ、きちんとした声で聞いてきた。

風香はここまで来てどこまで話すべきか、まだ迷っていた。

「私ね、今不倫してるの。とっても素敵で、だめだと思っていてもつい……」

「もう寝たのか？」

「バカ、だったらここに来てない」

「その人に言われたの。少し時間をくれないかって。そして3か月後、東京タワーの展望台で会いたいって。その人が言っていたの。『めぐり逢い』という古い映画が大好きで、私とはそんな風に再会したいって……。最後に『それまでに……』って言葉を残して」

長い沈黙があって風香が口を開いた。

「その当日が、昨日だったの」

「私は約束の時間の前から4時間は待ってた。東京タワーの閉館まで。でも、彼は来なかった……」

「やっぱり、こんなものかなって。奥さんから奪いたいとか、そんなことじゃないの。人の生き方って、やっぱり難しいなって」

「そうしたら、俺に会いたくなったのか？」

笑いながら、郷史は酎ハイを口に入れる。

「そうじゃない。ただ、郷史はいろんな意味で心が大きいでしょ」

「そんなことないよ。俺は自分に正直に生きたいだけ。ちょっとした人生だ。素直に自分を受け入れて、楽しく生きたいだけ」

「そっか……」

少し経つと、入り口の扉が開いた。

「健之？」

郷史がびっくりする。

「やっぱり嫌か。俺が来るのは」

「いや……」

そう言ってコースターをカウンターに置いた。

健之は風香の隣に座って、

「お前はどうして、ここに？」

いるはずもない人間がいることにびっくりしながらも、

「こいつ、俺に会いたくないんだって」

そう言って席につきながら風香に話す。

「なにかあったの？」

全く知らない風香は、興味津々になる。

おしぼりで手を拭きながら、健之は言う。

「お前は会いたくないと、言うかもしれない。でも、俺はお前に会いたいよ。だから、これからも迷惑かもしれないけれど来るからな」

健之は、風香に向かって、

「これは、内緒の話」

そう言って右手の人差し指を口元で示した。

「だから……」

郷史は手元のグラスを弄ぶ。

「お前の気持ちはわかった。でもな、俺の気持ちはどうするんだよ。お前の丸っこい顔も決してカッコよくない体も、俺はずっと前から見ていた。そして、そんなお前が大好きだった。じいさんになってから会おうなんて言うな」

「俺は、人としてお前のことが本当に大好きだ」

郷史は、被っていたキャップを少しだけ目深に被り、自分の涙を見せないよう努力した。

「で、風香の話は？」

あとから来た健之は、興味津々に風香をのぞき込む。

「もう大丈夫、久しぶりに郷史と健之に会えてよかった」

そう言って、

「ロンググラスで作る、さっぱりしててちょっと甘さのあるカクテル作って」

と、難題を口にした。

郷史は、任せとけと言ってカウンターに置かれたリキュール、ジン、ウォッカを吟味した。甘さは、グリオッティンを使おうと思った。ベースをスパークリングワインにしてもいいかと思った。健之と風香の昔話を背中に聞きながら、思わず笑みがこぼれた。

◇　◇　◇

「じゃ、また飲みに来るよ」

健之は、郷史に微笑んだ。

外に出ると、先ほどより空気が、冷たくなっていた気がした。

「私、ここから遠くないので、酔いさましを兼ねて歩いて帰るわ」

風香はそう言って、健之に小さく手を振って踵を返し、四谷の方向に歩いて行った。

健之は、少しだけ心配そうにその後ろ姿を見送った。

◇　◇　◇

遅くなった新宿街道は、人もまばらだった。風香のヒールの音が歩道に響いた。

思いを巡らせる……。

こうして私と彼との3か月の東京タワーの約束は終わった……。

たぶん、必然だと思っていたかもしれない。こんなことはあってはいけないと。

ただ、私は4時間も前からあのタワーを上った。たぶん、剛と別れたあと、本当に好きになれた人だったんだと思う。ここから見えるそのタワーは、すでに灯りを落としていた。

こればっかりはわからない。人を好きになるのに、尺度はない。それは、その期間、温度かもしれない。

わかっていた。絶対に好きになってはいけない人だ。

少しだけ、ほっともした。この場所にあの人がいないことを。

それでも……と思う。本心はいてほしかったことはぬぐえない。

あの人と知り合って、古い映画をたくさん観る機会が増えた。それは、私の人生の大きなエネルギーになった。

どれだけの人が、どんな想いで、映画を紡いできたんだろう。それは、現在の財産となり、未来へと繋がっていく。そして私たちの背中を押してくれる。小説だってそうだ。

映画やドラマ、小説は次につながる力を持っている。

必要なのは、その『力』をどれだけ強く持たなくてはいけないかということ。

あの人は、私にそんなことを教えてくれた。

そう、あの人には、「ありがとう」という言葉しかないということ。

剛の物語3

2月も終わりを迎えようとしている週末だった。

ずっと続くかと思われた寒さが、気まぐれにその態度を改め、驚くほど暖かな空気を提供してくれる日差しを、窓越しに窺うことができた。

さっきまで、ラハイナの店舗でのメニューを考えて、一人でノートの前で唸っていた。定食の内容の吟味、種類について考えあぐねていた。一度、ノートから目を離すと、段ボールの箱を見やった。

会社を辞め、ハワイへの移住を進める準備を少しずつ行っている時期だった。家の中を整理してしまおうと、クローゼットの奥から段ボール箱をひっぱりだした。あれや、これやと埃と格闘しながら、時に脱線しつつ、捨てていくんだという強い思いで、いろんな思い出をきちんと処分しようと思っていた。

3つ目の段ボール箱だった。古いアルバムが2冊混ざっていた。すっかり忘れていたが、父親が他界したあと、弟と2人で持ち帰ったアルバムだった。

なんとなく懐かしくなり、2冊のアルバムを抱えるとベランダへと出た。テーブルにその2冊を置くと、ビールを取りに冷蔵庫に向かった。昼から少しはいいだろうと自分を説得した。

プルトップを開けて、2月末とは思えない暖かい日差しを受け止めながら、ビールを喉に流し込んだ。

アルバムのページを開くと、そこにはよく覚えている父親がいた。太い眉毛に、オールバックの髪型。少し広くなった額。とてもするどくて、上昇志向の強いと思われる目線。剛が覚えている父親がそこにはいた。

家族で写っている写真。剛はどことなく上の空の表情が多かった。

母親は、元々病弱で早くに他界していた。それも起因しているかもしれない。

そう、剛は父親が大嫌いだった。いつも否定ばかりする父親。褒められたことなどなかった。どんなにテストでいい点を取っても、「あたりまえだろ」で片づけられていた。

そして、彼は、家族よりも会社を愛していた。

1本目のビールを飲み干し、新しいビールを取ってくると、2冊目のアルバムを開いた。

なにかが、剛の関心を強く惹きつけた。飲み会と思われる一枚だった。4人のスーツ姿の男性が、ビールジョッキを掲げて乾杯している。

剛をその写真に強く引きつけたのは、父の反対側にいる人物だった。

父とは正反対の風貌、人懐っこい笑顔でその写真に納まっている。笑いじわでなくなってしまいそうな眼元。決してハンサムではないけれど、人の良さのオーラをまとっている。

やさし気な、その表情が父のそれとは正反対のような気がしていた。

その時、剛は声を上げた。

そう、父と仲も良く、ジョッキを掲げながら乾杯をしている人物は、この間、公園で言葉を交わしたあの老人に他ならなかった。

記憶が、フラッシュバックのように思い返される。

この人を、とても良く知っていたんだと。じわじわと記憶が蘇ってくる。

よく、うちに来ていたと思う。そして、父と正反対のこの人に好印象を持っていたはずだ。

「もっと、勉強しろ、なってない」

と叱責する父親に、

「そんなにガミガミ言わなくても、剛君は大丈夫だよ。きっと立派に成長するよ」

と、くしゃっとした笑顔で笑ってくれていた……。

そして、頭をよくなでてくれた……。

ダイニングの冷蔵庫の製氷庫の鈍い音で我に返った。

いつも通りの休みの昼下がりがそこにはあった。

あの人に、もう一度会いたいと思った。2人で会話したあと、次の日からあの人はなぜか消えていた。連絡をする術もない。なんとなく、虚無感が襲った。「どうして?」と思った。

なぜ知らないふりをしたんだろう。寂しさも広がった。

マンションの軒下からは、日曜日を楽しんでいる子供たちの声が聞こえてくる。

なにも変わらない、午後の日差しの中に剛はいた。

Interlude 3

「俺が、親父のこと嫌いなの知ってるだろ?」

「お前の独りよがりな」

「GReeeeN の『遥か』って曲知ってるか?」

「おう、いい曲やん」

「あの歌詞にな、『しかられる事も少なくなっていくけれど……』っていうフレーズがあんのよ。この前、泥酔して帰ってきて聴いてたら、泣いている自分がいたんだ。なにも考えず、涙がボロボロ出てきて。

親父が死んでしまって、お袋のことも軽んじていたあいつがさ……。ずっといがみ合ってた相手だった。そんな父親でも、本当は今でもなにかあったら叱ってほしかったのかと一瞬思った。
まあ、すぐ否定したけどな」

健之と剛と郷史

3月、剛がハワイに旅立つ前の最後の飯を食う機会だった。どこにするか、とても迷ったが、剛の希望でいつも通り、新宿三丁目の居酒屋に行くことになった。

お互いのビールを注文した。

「健之、『本』書けよ」

ビールジョッキをテーブルに下ろしながら、急に剛が口を開いた。

「お前が本当にやりたいことだろ。前に進むことが必要だと思う」

「…………」

「俺はこの会社にいていろいろ考えることがあった。そして出した答えが、これなんだ」

「今の会社を辞めてまで、手にすることなのか?」

どちらも頼んだつまみを手にすることがなかった。

「いっぱい、考えた」

新しいジョッキに口をつけながら剛が答える。

「でもな、一度の人生だ。自分の思いを大切にしたい。そう思うんだ。人の思いは、たくさんあると思う」

「その中で、マウイ島のラハイナの夕焼けを忘れられないんだ。港であげられたカジキマグロの周りでみんなが歓声を上げている姿とか、単調でいい。人として触れ合えることがあれば、それは今、俺が一番大切にしたいことなんだ。キャラバンのマスターにも言われたんだ。仕事は永田町や霞が関だけでやっているわけではないって……」

「そっか。それだけの覚悟のもとか。あのマスターらしい言い方だな」

「うちの事務所の近くの公園にな、ホームレスの人がいて、どうしても気になって話しかけたんだ。その人との話が、背中を押してくれた気がする。それでさ、引っ越しの準備をしている時に死んだ親父のアルバムを開いたんだよ。そしたら、そこにその人が写ってたんだよ」

「誰だ？　それ？」

健之が尋ねる。

「俺が小さい頃、よく家に来ていたんだ。親父よりも優しくしてくれた」

「そうか……」

健之は、グラスを置きながら、応じた。

「お前にとっては大切な人だったんだな」

「まあな。とっても慕っていたのは覚えてるんだ」

「そっか……。でも、ハワイに行く前にそんな人に再会できたのは良かったな」

「でも話をした次の日から消えちゃったんだよ。その人が……。もう少し話をしたかったな」

剛は、努めて明るく答えた。


そうしているうちに、郷史が合流した。

「遅くなってすまない」

そう言っていつも通りのキャップを外しながら、席に着いた。

ビールを注文すると、

「いつだっけ、日本を発つの？」

そう言って聞いてきた。

「1週間後だ。でも、3人で飲むの久しぶりだな」

剛がしみじみ言う。

思い出したように、

「それにしても、大学時代、一番成績よくて、TOEICのスコアも郷史が一番だったよな。それこそ、どんな会社にでも就職できたのに」

枝豆を摘まみながら、剛が言う。

「いいの、俺は俺の生き方で生きたいだけ」

郷史は、ビールを飲みながら答える。

「俺も、郷史の地頭《じあたま》の良さは素晴らしいと思っていた」

健之も口を揃える。

「郷史らしいと思った。俺もな、今回、自分に素直になろうと思ったんだ。会社の肩書で生きていくのか、それとも自分のやりたいことをやり通すか。俺は後者を取った。でもな、これで良かったと思ってるんだ」

「おいおい、今日は、剛の壮行会だろ？」

そう言って郷史が笑う。

「楽しかったな。大学時代」

郷史の言葉に、２人も頷く。

「否が応でも、段々となにかしら変わっていかなくてはいけないもんだ」

剛が反応する。

健之は、少し遠くを見やる。

「時間が合えば、またこうして3人で、新宿の居酒屋で集まりたいな」

「そうだな」

剛も、郷史も頷く。

「いつか、マウイに来いよ。2人して。歓迎するよ。おいしいご飯、用意するから」

「楽しみだな」

健之と郷史が目を合わせる。

「約束だぞ。健之は、『本』を書く、郷史は、『自分の店、人との繋がりの人生をしっかり生きていく』。そして俺は、『あの島できちんと生きていく』」

少しアルコールが効いてきたのか、剛はそう話した。

それでも、その言葉は、健之にも、郷史にも、とても響いて聞こえた。

「剛、強がりはするなよ。なにかあれば、俺と郷史に連絡してこい」

健之は、剛をきちんと見据えて話した。

「おう。お前ら2人には、弱い部分を見せるのは全く問題ない」

剛は、ビールグラスを置きながら答える。

「俺はさ、普通に就職しても良かったんだ」

新しいビールが到着すると、郷史がつぶやいた。

「ただ、なんとなくしっくりこなかった。だから、この道で生きていこうと決めたんだ。いろんな人の、いろんな思いを聞くことができる。それは、俺の財産にもなっている」

「羨ましいよ、剛。俺もできることなら、全部取っ払って自然一杯のところで暮らしてみたい」

健之は、剛を見つめた。

居酒屋の、少し焦げた焼き鳥の匂いが香ってくる。

「こうして、日本の居酒屋の雰囲気を味わうのも今日で最後かな」

努めて明るく、そう言って、剛が店内を眺める。

「ラハイナで、定食屋立ち上げて、軌道に乗ったら居酒屋もやってみろよ」

郷史が茶化す。剛と健之は、目配せして声をあげて笑った。

そして、健之はグラスを置き、剛に言った。

「必ず、自分の道を追いかけて、そしてたまには東京に帰って来いよ」

そう笑った。

3人は、その時間をとてもゆっくりと過ごした。大学時代から、いっぱい居酒屋で飲むことがあったが、こんなにも素直に話せる時間が、お互い嬉しかった。

夜は更けていったが、この時間を大切にしたいと思っていた。

最後に3人は、もう一度グラスを合わせ、笑った。

春は、もうそろそろ近づいてきている気がしていた。

そう、春は次の何かを思わせるそんな季節だ。

遥か

GReeeeN

窓から流れる景色　変わらないこの街　旅立つ
春風　舞い散る桜　憧ればかり強くなってく
「どれだけ寂しくっても　自分で決めた道信じて、、」
手紙の最後の行が　あいつらしくて笑える
「誰かに嘘をつくような人に　なってくれるな」父の願いと
「傷ついたって　笑いとばして　傷つけるより全然いいね」母の愛

あの空　流れる雲　思い出す　あの頃の僕は
人の痛みに気づかず　情けない弱さを隠していた

気づけばいつも誰かに支えられ　ここまで歩いた
だから今度は自分が　誰かを支えられるように

「まっすぐにやれ　よそ見はするな　へたくそでいい」父の笑顔と
「信じる事は簡単な事　疑うよりも気持ちがいいね」母の涙

さようなら　また会える日まで　不安と期待を背負って
必ず夢を叶えて　笑顔で帰るために

本当の強さ　本当の自由　本当の愛と　本当の優しさ
わからないまま進めないから「自分探す」と心に決めた

春風　想い届けて　涙を優しく包んで
必ず夢を叶えて　笑顔で帰るために

さようなら　しかられる事も少なくなっていくけれど
いつでもそばにいるから　笑顔で帰るから

どれだけ寂しくても　僕らは歩き続ける

必ず帰るから　思いが風に舞う　あなたの誇りになる

「いざ行こう」

風香と健之

風香と偶然会った、郷史の店に行った12月終わりの3か月後、珍しく風香の携帯に、健之からの着信があった。

「どうしたの？　突然。珍しいよ、健之から連絡が来るの。まだ、剛のほうが連絡してくる」

そう言って、笑わせる。

四谷にある、こざっぱりとしたカジュアルフレンチで、軽いシャンパンで乾杯した。適度な酸味が春先のこの季節に合っていた。

「そういえば、剛のフライトに来なかったな？」

アペリティフを口にしながら健之が聞く。

「電話では、頑張ってと話したわよ。昔の女が言ってたってさ」

新しい一杯をフルートグラスに注ぐ。

「そうか……。まあ、元気に旅立って行ったよ。報告までに」

「ありがと」

「おっ、メインはなににする？」

そう言って、メニューを手渡す。

「私は、白身魚のムニエル、ホワイトアスパラガスを添えて。美味しそう」

彼が昔オーダーした注文を思い出した。

そっと、そのメニューを健之に戻す。

「俺は、ラムチョップにしよう。バルサミコソースがよさげだな」

メインを堪能し、赤ワインを飲み干し、デザートと、エスプレッソを頼んだあとだった。

「さて……」

健之は、風香に一枚のメモをテーブル越しに渡した。

「なに？」

「どうしようか、迷ったんだ。お前自身のこれからの人生を考えると。でも、おれの勝手な判断で、やはりお前に渡すべきだと思った」

「で、なに？」

「佐藤部長の病院の、住所と電話番号」

「は？」

風香は、突然のことに戸惑いを隠せない。

「どういうこと？　なぜ健之が知っているの？　そして病院ってなに？」

健之はその質問に答えなかった。

「行ってこい。あの人はお前を待っている」

いつもの健之よりも強い口調だった。

「だって、ご家族だって……」

「あの人は、お前に迷惑を掛けたくなくて、離婚してからもお前に伝えてなかったんだよ。そして、若いお前の人生も考えて、俺ではないと、彼は彼なりに一杯考えていたんだ」

　エスプレッソがサーブされて、少しの沈黙があった。

「そんな……」

「そのくらい、お前のことを考えてくれていたんだ。気持ちをおもんぱかってやれよ」

　風香のエスプレッソが、口をつけずに冷めていく。

「そのくらい、お前のことを考えてくれていたんだ」

「じゃ、どうして、あの日……」

「それは、本人から聞くべきだ。ただな、今後ロマンティックな感情だけではうまくいかないことも多々ある。しっかり、自分をもってあの人に会いに行ってこい」


フレンチを出た後、「1時間くらいつきあえよ」と健之が言ってきた。突然のこともあり、今は一人になりたくなかった。2人は、四谷三丁目にあるサラリーマンで週末混んでいる居酒屋に入った。

「なんとなく、このほうが話しやすい気がしてな」

そう言ってハイボールを2杯注文した。

「俺さ、悪いけどあの佐藤部長とそんな風になってるなんて、全く知らなかったんだ。前にな、部長からキャンプに誘われて、河口湖のコテージに行ったんだ。俺も大学時代から好きだったから、いろいろ手伝いして、料理も作って。そしてまったりと焚火を見ながらくだらない話をしてたんだ」

健之はハイボールのお代わりを注文する。

「そんな時な、もう、大分夜も更けてきたとき、『自分のエゴで人を傷つけるのは、よくないよな』って。彼が言ったんだよ」

「今にして思うと、なんとなく、自問自答しているような気がしたんだ。そのあと……」

そう言って、ハイボールのグラスを置いた。

「いい男だよ、あの人は。映画も、ドラマも小説も詳しいし。懐が深い人だと思う」

ちょっとだけ、健之が遠くを見やる。流石に出版社の人間だと思った。

「時間作れたら、剛に会って言って来いよ。報告も兼ねて。もう、遮るものはない。自分で、自分の背中を押せよ。どんな未来になるかは誰にもわからない」

風香に目線は合わせなかった。

「ただ、『自分の気持ちに素直になれ』と、俺はわかったように言いたいよ」

最後は、ちょっとおどけた口調でハイボールを飲み干した。

風香に、やっと居酒屋の喧騒が蘇ってきた。

風香の物語2

初めてのマウイだった。オアフからのトランジットは約1時間と少しだった。空港を出ると、そよぐ風が心地よかった。

カワナパリ空港から、ラハイナにタクシーで向かった。健之から貰ったメモの住所を伝えた。なんとなく、少し英語を勉強していてよかったと思った。

マウイは、オアフに比べると、大きい建築物はない。それは、法律上の問題でもある。ただ、だからこそ、その景観がきちんと残されている。

ラハイナの街並みに入っていった。夕暮れが近づいてきていた。素敵な光景だと思った。

大きなバニヤンツリーが迎えてくれた。

すぐに剛のところに行くのがためらわれて、少しだけ港のほうを歩いた。潮の匂いを感じた。もうすぐ日が暮れる。これがよく言われる「マジックアワー」なんだと思った。

この環境を選んだ剛のことを思った。いい男だと思い返した。そんな人を昔、好きになってよかったと思った。そして、その人に、違う人間とのことを話に行くんだと思うと、少しだけここまで来て躊躇った。でも、それでも夕方のオレンジと、吹く風が風香を後押ししてくれた。

その店は、ラハイナの一番のエリアから少しだけ離れた所だった。大きくはなく、小ぶりだが、昔ながらの日本的な雰囲気を醸し出していた。

少しだけ、ためらいながら、ドアを押した。

そこには、東京とは全く別人のような、その人がいた。

突然の来客に、剛は驚きを隠せなかった。

「どうした？」

「元カレの職場を確認しに来た」

そう言っておどけた。

「一番自信のあるご飯を頂戴」

できる限りの笑顔でそう伝えた。

出てきたのは、生姜焼きに、茄子と蓮根の味噌汁、そしていぶりがっこを和えたポテトサラダだった。もちろん、白米はいい香りをしている。

「やるじゃん」

素直な気持ちで、生姜焼きにキャベツを巻いて頬張った。

「剛にこんなことができるとは、思わなかった」

つき合っていた時よりも、真っ黒に日焼けをして、ラグビーをやってた時より何倍も頼もしく思えた。

「それ食べたら、海のほうに行こう。ここまで来たんだ。なにか話があるんだろ。そのくらいわかるよ」

風香は頷いた。マウイまで来て、飲み干した味噌汁がこんなに美味しいとは思わなかった。

すでに夜の帳は下りており、暗い空に綺麗な星が輝いていた。

店から少し歩いた海岸だった。左側に先ほどの港の灯りが見える。

剛の少し後ろを歩きながら、ついて行った。

紙袋に入れていたマウイの地ビールを投げてよこした。笑いながら。

剛はいつもの陽気な感じで、プルトップを空けながら、

「で？」

と聞いてきた。

少しだけ、風香は言葉を失った。そして、ビールを一口飲んだ。そして、そのビールの缶を見つめながら答えた。

「私ね、今いけない事をしてるかも知れないの」

自嘲気味に、少しの笑い顔を添えて剛に目線を合わせた。

「はあ？」

剛の手が止まる。

「馬鹿でしょ」

完全なる自己否定の言い方だった。

「ま、お前らしくないと言えばそうかもしれない」

「得意先の部長さんだったの。ただね、物凄く知識があって、映画も小説も、ドラマもとっても詳しくて。その会話で、いっぱい知識を得たの。そして、好きになってしまった」

「そっか」

ビールの缶を置いて、少しビーチのほうに向かった。

そして振り向いた。

「それでも、お前が思うことを貫けばいいんじゃないか。お前はそんなに頭悪い人間じゃない。自分の思う道を進めよ」

振り返ってそう言う剛を、改めて好きになってよかったと思った。

「有難う」

暮れてしまった海を見つめながらつぶやいた。

「自分の人生だ。頑張れ」

剛は、海を見ながら言葉を継ぎ足した。

暮れ切った時間の海風がとても心地よかった。改めて、こうして剛に会いに来てよかったと思った。たぶん、一番、背中を押してほしかったのかもしれないと感じた。あの味噌汁の味を、改めて思い返していた。

◇　◇　◇

帰国後、久しぶりに館山に降り立った。

春遅くのこの街は、少し早い緑が彩っていた。街道沿いには、南国特有のフェニックスも点在している。目指している病院は、あと少しだった。

健之、剛から背中を押されたが、いざ、逢いに行くとなると、少しのためらいがあった。なんて話を始めればいいいんだろうって。

あの日の約束の真実を、どう切り出せばいいのか、風香はまだ迷っていた。

普通の恋とは違う。だからこその覚悟が必要な気がしていた。

病院の前に立つと、ゆっくり深呼吸をした。今の気持ちを整えて。

ナースステーションで面会の承諾を貰うと、その病室を目指した。そして、そのドアを前にして深く目を閉じた。いろいろな思いを携えて、病室に入っていった。

個室だった。その人は、リクライニングを上げて小説を読んでいた。

「どうした？」

風香の訪問にとても驚いている表情だった。

「大学のゼミの合宿が館山だったんです。懐かしくなって」

そう言っておどけた。

彼は、小説に目を落とした。そして、小説を閉じて、風香を見つめた。

「約束を守れなかったのは、本当にすまなかった」

「そんなことないです。家庭は、一番大事です」

目線を外しながら話す。

「離婚したんだ、俺は」

小説の表紙を見つめながら答える。

「聞きました。健之から。彼とそんな繋がりがあるなんて、思ってもみませんでした」

「そっか、彼から聞いたのか。そしてここのことを、知ったのか」

そして、また小説に目を落とした。その小説の題名は、カフカの『変身』だった。

「健之君とは、うちの次回の新作の打ち合わせで、知り合ったんだ。いい青年で、いい男だと思った。

健之君とは？」

反対に聞き直す。

「大学の語学コースのフランス語で一緒でした」

「そうか。大学の同期だったのか。それは、彼は言わなかったな……。

それでな、僕は、大学時代によく行っていたキャンプに、誘ったんだ。うちの後輩と3人で。そしたら、彼は手際が良くて、いつもの笑顔で食材の確保、テントの設営、料理、よくキャンプを知っているんだと思った。うちの後輩なんかより、信頼できると思った。ローストチキン、ポトフ、からすみのスパゲッティ。近くの産直で購入したトウモロコシ。これは、絶品だった」

そう言って、笑いながら、昔のことを思い出していた。

「それから、食事の後片付けをして、焚火の前でゆっくりと話をしようということになった。男3人だから、やっぱり女の子の話になってさ」

照れくさい顔で、また小説に目を落とす。

「ふと、健之君が、

『僕の彼女は、大学時代に交通事故で亡くなったんです……』

と、自分のグラスを見つめながらそうつぶやいたんだ。

『まだ、そのひき逃げの犯人も捕まっていないんです……』

僕も、後輩も驚いてしまって、口を付けていたハイボールをこぼしそうになった」

風香は、近くの簡易椅子に腰を下ろした。

「渚は、私の親友でした。なんでも相談できる存在だったし、もし、今も生きてくれていたら、一番、相談したと思います」

風香は、懐かしんだ。

「そうか、彼は君の話はしなかったな……。

僕も50歳を過ぎた男だ。こうして病気も、持ってる。今までのことを思い返った。君のことを含めて」

また、小説に目を落とした。

そして、

「自分のエゴで、人を傷つけるのは良くないよな。と、つぶやいたって」

風香は、できるだけ明るくそう言った。

「そっか……、そこまで君に話したのか」

と、しみじみと言った。

「僕から言い出した、『めぐり逢い』のシチュエーションかもしれないけど。それを、叶えられなくて済まなかった」

「言い訳はしたくない。でもあの日、東京タワーに行こうとした際、自宅のエレベーターで、この病気が悪化したんだ。そのまま救急車で病院に搬送された。君に連絡もできなかった。すまない」

「そんなことないです。人生って、そんなに簡単なものではないと思います。もちろん、あの日は落ち込みました。でも、これで良かったと思ったのも事実です」

「そっか」

もう一度、彼は小説に目を落とした。

「けれど、あなたに逢いたかった。私にできるなにかがあれば」

彼に言うでもなく、自分自身に言い聞かせるようだった。

「こんな人間のこと、考えてくれていることは本当に嬉しい。ただ、もっと君の人生を考えたほうがいいぞ」

病室から見える窓越しの景色を見やりながら答えた。

「今、一番想うのは貴方なのです。病気のことを含めて、お手伝いさせてください」

そして、改めて彼をみつめた。

「貴方が好きなのです」

「有難う」
彼は、風香の目をきちんと見て答えた。
風香は涙腺が緩みそうになった。でもしっかりしなくっては、と思った。
「貴方は、ケーリー・グランドでもない。私も、デボラ・カーではない。
でも、一緒に歩いていきたいです」
決意を口にした。

～とある警察署～


ホームレスらしき人間が署に入ってきた。玄関で職質を受ける。

しかし、今まで生やしていた、髭は綺麗に剃り落としていた。

「なにをしに来た？」

「出頭しに来ました」

「は？」

「3年前の世田谷の交通事故の件です。亡くなられたのは、杉山渚さん。当時、20歳でした。そして、そのひき逃げの犯人は、間違いなく私です。

清本浩平、60歳、今は仕事もせず、自宅もありません」

慌ただしく、警官が確認のため問い合わせを始める。

◇
◇
◇

「どうして出頭する気になったんだ?」

「すぐにでも、そうするつもりでした。ただその時は私にも家族があり……。すぐに離婚はしました。ただ娘が20歳を過ぎるまでは、姿を隠したかった。私のエゴです。大変申し訳ありません」

職質した警官が沈黙する。

「あなたは、上場している証券会社の部長だったのでは?」

「はい」

「どうしてこんな……」

「どうして? 私は一人の人間です。いいことも悪いこともやっています」

「ただ、保身のためにこの3年間潜んでいたことは、申し訳なく思っています」

「どうしてこうやって出頭しようと思った？」

「娘の成人もあります、もちろん。あと、親友だったヤツ、もう他界していますが。その息子の成長を身近に感じることができて。ちっちゃなその子の頭をなでるのが、私は大好きでした。

あとから知ったんです。その成長を眩しく見ていた親友の息子の友達である女の子が私の交通事故の犠牲者だったって。私が轢いたんだって。そこで、私の人生は終わりました」

取調室に、また沈黙が流れた。

対応した警官も、少し同情した表情に見えた。しかし、

「罪は罪だ。きちんと償いなさい」

その警察官の言葉に、清本は深く頷いた。

エピローグ

人は、この世に生を受けてから亡くなるまでにたくさんのことを経験する。楽しいこと、嬉しいこと、そして悲しいこともある。

自分の未来を予知することはできない。自分が考え、判断していかなくてはならない。

それは、目に見えない細い糸を手繰り寄せるのに、似ているかもしれない。その糸の先に、自分の未来が繋がっている。様々な人生があり、その状況をでき得る限り咀嚼していかなければならない。

そして……、その見えない運命の糸を手繰り寄せて納得の行く未来を紡いでいけるように。

◇　◇　◇

剛のその後

マウイの夕暮れは、いつも通り素敵な彩をなしていた。

剛は、店を閉めると、海辺に来ていた。以前、風香と話をした場所だった。マウイの地ビールのプルトップを空けると、喉に流し込んだ。少しだけ、寂しい思いを感じながらも、充実している毎日を実感していた。風香は来てくれた。早く、健之と郷史にも来てほしいと思っていた。ただ、自分が決めた道だ。強く気持ちを持たなくてはと、思った。マウイに来てから始めたサーフィンもなんとか少しは上手く波に乗れるようになっていた。これは、健之と郷史に自慢したいなと思う。メールでマウント取ろうかと思ったが、それはもう少し時間をおいてからにしよう。

いつも通りの、優しい風がポロシャツの袖を通っていった。こんな時間が持てることが、ありがたい。

向こうの港で、歓声が上がっていた。また、大きなカジキマグロがあがったのかなと、思った。

会社員とは、全く違った生活には満足していた。風香を思い、健之を思い、郷史を思い、そして尊敬していた神谷部長を思った。そんな近しい人たちが、それぞれのスタンスで上手くいってくれれば……。なんとなく、涙が流れそうな気がした。ラハイナの空に目を移した。

明かりからは遠い、暮れてしまった方角の空には、綺麗な星が瞬いていた。

◇　◇　◇

神谷部長のその後

神谷は、ケアセンターにいた。以前のスーツ姿とは違って、白衣を纏っている。

少しだけ、健忘症を持っている女性の車椅子を押しながら、積極的に声をかけていた。

本人の意図は、わからない。でも、以前通りの素敵な笑顔で対応していた。

「今日は、何日でしたかね？」

そう言って尋ねる彼女に答えた。

「今日は、春分の日、これから暖かくなりますよ」

大きい空を、眺めた。とても気持ちのいい空気が流れていた。

この道で良かったんだと、思える瞬間だった。

ごみごみとした雑踏、これでもかというほどの満員電車、儀礼のみの挨拶と、名刺交換。コンプライアンスという名の鎖に繋がれた毎日。肩書だけが評価される生活。古い習慣に保護された悪しき習慣。そして、それを拭わなければいけない始末書という名の、その場しのぎのエクスキューズ……。今の神谷は、そんなものがすべてそぎ落とされて、憑き物が離れていったような気がしていた。

そして、自分のことを心配してくれていた、剛の顔がよぎった。正義感が強くて、一本気な性格。便りによると、会社を辞め、ハワイのマウイ島で飲食店を始めたと書いてあった。正直最初は驚いたが、逆にあいつらしいとも思った。この歳で生意気だと思うが、自分なりの人の線引きをするなら、一番にＹＥＳな人間だと思っていた。そうでない人間の方が多いくらいだ。

あいつと、またゆっくりと、肩寄せ合いながら、酒が飲みたいなと思った。新橋の夜が、遠い昔のことのように思えた。

◇　◇　◇

風香・征夫のその後

館山は、今日もいい気候だった。風はちょっとだけ、早い春の感覚を乗せている気がした。病室を出て、車椅子に彼を乗せ、芝生が綺麗な外庭に出てきていた。

「いつも悪いな」

彼がつぶやく。

「そんなことないです。私が好きでやってるんですから。もう少しですね、退院」

「そうできるといいな」

ちょっと、照れた口調で話す。

「カフカの『変身』読み終わりました？」

風香が車椅子を押しながら聞く。

「何度も読んでいる小説なんだ。読み直しみたいなものだから」

「私、今、料理の勉強をしているんです。退院したら、肉じゃが作りますね」

「楽しみにしているよ。僕の大好きな料理のひとつだ」

なんとなく、二人は手を握った。

モンシロチョウが、次の花へとその羽を懸命に動かしているように思えた。バタフライエフェクトってどんな意味だったたっけと、なんとなくそんな思いが心の中をよぎった。

都心よりも南に位置するこの館山は、少しだけ早い春を告げるような空気を醸し出していた。

「今度、二人で『めぐり逢い』観ましょうね」

そう言って、風香は、彼の頬にキスをした。

◇　◇　◇

郷史のその後

いつも通り、20：00開店の準備をしていた。

「ちょっと、早いですか？」

一人の男性が扉を開けた。

郷史は、笑顔でどうぞと言った。ちょっとだけ、健之に似ているなと感じた。

席に着くと、彼が口にした。

「『SNS』で、郷史さんを拝見して、会いたくなって来ちゃいました」

そう言って、微笑む。

ちょっと、驚きながら、

「有難う」

そう応える。

「なに飲む？」

「じゃ、まずはビールで」

「ＯＫ、うまいのを注ぐよ。スーパードライ、うんと、ドライでいいかい？」

そう言って笑って。健之を思い出して、なんとなく温かい気持ちが胸を通っていった。

「有難うな、こんな丸っこい人間に会いに来てくれて」

そう言って、彼にビールをカウンター越しに提供した。

「でもな、簡単にＳＮＳなんて信じちゃだめだぞ。きちんとその人と向き合って、自分の判断でいろんなことを決定しないとな」

そう言って笑う。

「そうなんですよね……。僕もそう思います。だからこそ、会ってみたくなって、ここまで来てしまいました。扉開けるまで、大分、深呼吸したんですよ」

彼はあどけない笑顔でそう言った。

郷史は、自分の分のビールを注いで、冷たい感触を堪能した。

なにかが、動く感じがした。

◇　◇　◇

健之のその後

土曜日の午前中、ＦＭラジオをつけて、熱いカフェオレを入れると、自分のデスクのパソコンを立ち上げた。剛が最後の飲み会の時に言っていた、「小説、書けよ」の言葉がずっと引っかかっていた。

大学時代からため込んでいた文章を確認しつつ、「よし、書いてみよう」、と自分に言い聞かせた。

売れるために書くわけではない。文章を読むのも書くのも好きだから、趣味でいいじゃないかと、自分を納得させていた。

少しずつ、雨がその準備を始めていた。独特の湿った空気が部屋の中に流れてきていた。

パソコンの画面とにらめっこしながら、タイトルを付けた。

『あの時、あのキャンパスで、僕は人生の大切なことを身につけた』

やっかいな雨だと思った。せっかく次に進もうとようやく決心したのに、この雨が邪魔しそうだった。

この交差点を渡ると、彼女のいる花屋に着く。赤信号の向こう、流れゆく車の隙間から、彼女を見つけることができた。

彼女は、いつものようにスキニーなジーンズに、よく洗濯されてノリのパリッときいた白シャツをまとい、その袖を捲っていた。首元にシルバーのネックレスが感じよく収まっていた。信号が変わり、行き交う人の隙間から彼女と目が合った。彼女は、健之を認めると小さく会釈をした。


「今日みたいな厄介な雨を吹き飛ばしてくれるような、明るい色の花束をお願いしてもいいですか?」

そんな突拍子もないリクエストに彼女は一瞬、思考が止まったような顔つきになったが、

「悪い表現じゃないですよ。お花はそこにあるだけで、周りを明るくしてくれると私は思うんです。だからこうして働いているのです」

そう言って健之を見やった。

「任せてください！」

腕捲りするかのような勢いの笑顔で、独り言のように選ぶ花を確かめながら手元に手繰り寄せ始めた。そして、薄いブルーのアネモネを選びながら、聞いてきた。

「どんな方に渡されるのですか？」

少しでも素敵な花束になるようにと、たくさんの花から視線を離さずに。

先程までの雨は、そのリズムを急に落としていた。雲の隙間から、一筋、日の光が差し込み、店内に涼しい風が流れた。

「あなたに渡したくて……」

健之は精一杯の笑顔を彼女に向けた。今の自分の素直な心の声を添えて。

相手のびっくりする表情に照れくさくなり、すっかり雨の上がった空へ逃げるように視線を移した。
くっきりと綺麗な虹が、大きな空に、ふたつ、架かっていた。

END

あとがき

この作品を作るために、いっぱい悩みました。

一番、背中を押してくれたのは、『ラ・ラ・ランド』という映画でした。昔の名作をなぞるのは、いけないかもと思っている自分がいました。でも、それでも、この映画を観てやってみようかなと思えました。

自分の、今までの、読んだ本、観た映画、観たドラマからインスパイアされて、このような作品を作ることができました。ですので、たくさんのオマージュが入っています。

また、ダイバーシティー（多様性）を考えて構成しました。素敵な小説家、映画監督、俳優、女優の方々、それが根底にあります。文章にも入れましたが、その〝力〟が、今の僕を支えてくれている気がします。村上春樹先生の、『ノルウェイの森』のあとがきを、もじらせてください。僕は、この本を書くのに、松任谷由実さん、サザンオールスターズの《a little help》を借りています。いつか、ショートの小説を書けるといいなと思っています。

もし、この作品を読んで、悪くないと思っていただけると、幸いです。文字、文章は、〝力〟を持っています。これは、ちょっとした武器です。他のものには、代え難いものだと思います。人間は、可能性を秘めています。

否定せずに、肯定的に考えることは、とても大切だと考えます。

もし、この作品でなくても、なにかの物語、映画、音楽、ドラマ、そのようなものに触れて、次のなにかに繋がるものがあれば、それは、とても素敵な事象だと個人的には考えます。

人には、それぞれ考え方や、生き方があると思います。その思いをきちんと抱いて、生きることが大切だと思います。

もし、その一助になることができるのであれば、それは最高の幸せだと思います。

人は一人で生きるには、辛いことが多いと思います。誰かに寄り添うことは、とても大切なことだと思います。素敵な誰かを見つけて、これからの人生を、この物語に出てきた登場人物に準《なぞら》えて、頑張って、生きる術《すべ》を見つけて次の未来へ。

スコット・フィッツジェラルドの有名な小説、『グレート・ギャツビー』に出てくる、「デイジー」を思い続けた「ギャツビー」のように、自分の思いを深く抱いて、明日を夢見るように。

著者プロフィール

十原 花篤（とおばら けいとく）

1969年７月　宮崎県生まれ。

高校を中退後、大学検定試験を受験。

中央大学経済学部国際経済学科卒。

酒類メーカーにて営業職に従事。

体調を崩して入院したことを機に、20代の頃から書いてみたかった小説に着手し、この作品を完成させる。

TOHBARA KEITOKUは、本名をアルファベットに置き換え、アナグラムにしたペンネーム。

アリアドネの糸

2025年１月15日　初版第１刷発行

著　者　十原 花篤
発行者　瓜谷 綱延
発行所　株式会社文芸社
〒160-0022　東京都新宿区新宿1－10－1
電話　03-5369-3060（代表）
03-5369-2299（販売）

印刷所　株式会社フクイン

ISBN978-4-286-26126-3

NexTone PB000055550号
JASRAC 出 2407872－401